Jean-Bernard Pouy

Nous avons brûlé une sainte

Gallimard

Prix Polar 1989, Trophée 813 du meilleur roman 1992, prix Paul-Féval 1996, Jean-Bernard Pouy est un auteur inclassable, inventeur de génie de constructions romanesques rigoureuses, à la fois tendres et féroces, passionnantes et drôles.

« ... La légalité est IRRÉELLE et, seule, la clandestinité possède un pur goût de RÉEL. Tout ce qui se trouve entre elles est TRANSPARENT. Quant à DIEU... »

B. Spigenstein

À Mosko

La Place des Invalides s'aplatissait dans le rose du soir. La circulation avait lentement dépéri, et les habitants de ce quartier anesthésié par le bon goût et l'ennui avaient soit déserté le lieu de travail ministériel, soit réintégré les appartements luxueux où le Journal Télévisé de 20 heures accaparait leurs regards désespérément inquiets.

Seules, quelques limousines officielles glissaient sans bruit et stoppaient devant le Centre Culturel Canadien illuminé, flanqué de deux portiers en tenue rouge et blanche, sur leur sexe, peut-être, y a-t-il une feuille d'érable?, et de plusieurs gardes du corps, éternelles gueules cassées voulant bien casser celles des autres.

Ce soir, raout huppé et diplomatique, ouverture et inauguration du Festival Culturel Québécois, films, expositions, théâtre et tout le tremblement propre à agiter la gélatine intellectuelle des esquimos de Paris. De nombreux ambassadeurs sont là, avec leurs épouses enrubannées et parfois leurs familles empotichées, celui de Londres, Lord Bollington, Le Grand Chapeau Melon, régnant sur cette irréalité mondaine, journalistes et chroniqueurs, attachés et secrétaires d'Ambassade et de Consulat, le Ministre de la Culture et ainsi de suite jusqu'au vomissement de l'âme.

Les voitures s'arrêtent, en sortent des smokings déambulants, d'où surgissent des cartons d'invitation immaculés. Les casquettes portières se soulèvent et des bras à gants blancs poussent des barres de cuivre entraînant des portes vitrées d'une imparable luminescence. Un léger brouhaha et un vague fond sonore de verre teinté accueillent alors l'arrivant.

D'allocutions en rires discrets, la soirée glisse lentement sur les rails somnolents de la bienséance et du bon goût.

Un jeune homme, petit, mince, en tuxedo, les cheveux impeccablement peignés en arrière, s'en vient discuter avec Lord Bollington.

Explosent tout à coup des exclamations et une agitation paradoxales. L'Ambassadeur s'ébroue, vert et trempé. Le jeune homme vient de lui jeter son verre de whisky à la figure. Un rouage s'est comme bloqué. Le jeune homme, le seul à ne pas avoir été transformé en statue de sel, soufflette, de son gant blanc, Son Excellence, éberluée. On s'interpose vivement.

Le diamant rose, fiché dans son oreille gauche, scintille deux ou trois fois, avant que son possesseur, le jeune homme, mince, aux cheveux plaqués en arrière, ne se mette à hurler.

— Chien d'Anglais ! Rosbeef de merde ! Tes jours sont comptés !

Des gardes du corps, fringués comme des amnisties, épaulettes bien remplies, emmènent alors, sans ménagement, le perturbateur toujours strident.

— Sales Bourguignons ! Lâchez-moi !

Une fois l'énergumène aspergeur hors circuit, l'Assemblée reprend vite son calme. On congratule Son Excellence pour son flegme, on éponge son humidité alcoolisée. La victime y va de son inévitable bon mot, espérant que le scotch soit vraiment britannique, le seul à ne pas tacher.

Dehors, par contre, la bienséance n'est plus de rigueur. Le jeune homme, malmené, est jeté violemment dans une voiture, après avoir pris quelques viriles bourrades.

Dans le véhicule, un policier en civil s'assoit avec lui, derrière, un autre prend la place à côté du conducteur. Trois contre un. On le fouille. Il n'a rien.

— Pas de papiers ?

— Je n'en ai pas besoin. La piétaille me connaît. Je suis le Sire de Xaintrailles, et ce n'est pas vous, gens du Guet, qui pouvez en exiger ! Vous regretterez bientôt d'avoir porté la main sur moi, vous aurez la visite de mes Armagnacs !

Le policier rigole et regarde son collègue :

— Allez, c'est bon, au Poste et... après, à Ste Anne !

— Ça s'impose, s'exclame le chauffeur.

— Fous vous-mêmes ! hurle le jeune homme qui reçoit immédiatement un coup de poing sur la face et se recroqueville curieusement sur son siège, en grommelant des paroles incompréhensibles, tassé sur lui-même, courbé dans son smoking froissé. Personne ne voit sa main relever, avec précaution, le pantalon de soie noire. Une main froide, stable.

La voiture banalisée roule vers le Pont Alexandre III et s'y engage.

Dehors, la nuit parisienne, lumineuse, théâtrale, déserte. Rapidité des choses.

Le jeune homme appuya le canon d'un revolver sous le bras gauche du policier assis à côté de lui. Une détonation sourde et le brigadier Coulmes se troua, et, par cet orifice, s'écoula instantanément son âme. Puis l'arme se colla derrière l'oreille de l'autre policier, assis à l'avant de la voiture. On lui demanda de sauter du véhicule. Vite. Celui-ci ralentit, le cascadeur maladroit sauta et ses dents raclèrent le bitume.

Le conducteur, le canon de l'arme frottant les cheveux hérissés de sa nuque, prit à droite après le Pont. Le jeune homme ne dit plus une seule parole jusqu'à la Concorde où il conseilla au chauffeur de s'engager sous le tunnel. Puis il le fit stopper, brutalement.

Le jeune homme descendit de la voiture et se perdit dans la nuit.

Coincé par des bagnoles couinantes et pressantes, le chauffeur redémarra et roula sous le tunnel, un mort à bord, les mains tremblantes et la gorge en papier de verre. Le danger est une chose impalpable.

RÉEL/DEUX/ÉTIENNE DE VIGNOLES

L'atmosphère tendait nettement vers le glauque, le nuage grisâtre englobant les spectateurs tremblant doucement sous les coups de bélier sonores chuintant hors du mur d'acier noirci des haut-parleurs. Totems sinistres et braillards autour desquels une foule grimaçante s'agitait sans ordre apparent.

Le punk, clouté comme une porte de prison, caressa sa tête aux trois quarts chauve, et cracha par terre. Le sbire du service d'ordre, lui déchirant son billet, se demanda une seconde si le glume était pour lui ou bien comme ça en général. Un autre client, l'air tout aussi décomposé et irradié, lui tendit son ticket. Le garde oublia tout, car, de voir ces têtes de fin du monde à la queue leu leu, lui donnait une sagesse d'enfer. L'orga avait prévu le coup : avant la réfection du vieux théâtre, rien ne valait un bon concert de rock dur, tout ce que les kids pourraient casser, arracher ou laminer serait ça de moins à faire enlever, démonter ou briser par l'entreprise de démolition. La salle du Mocambo avait, ce soir-là, cet air d'avant-catastrophe propre aux bons gigs.

Pour les deux groupes de rigolos anglais qui allaient défiler sur la scène, le public présent avait de quoi foutre la trouille aux Gurkas de la Navy : des punks, tendance iroquoise, encore là, toujours dans les bons coups, des loulous, pas trop, la banane, de nos jours, ça s'épluche, mais surtout l'éternelle cohorte informelle de jeunes gens faisant d'émouvants efforts pour paraître dangereux, allumés et nerveux.

Le sbire du service d'ordre, avec ses 35 ans, ses muscles, ses tatouages, son arrogance de garagiste de la Banlieue Nord, s'en foutait. Il tenait une entrée étroite, barrée par deux grilles de fer, laissant à peine le passage d'un dément à la fois : ils pouvaient s'écraser derrière, coudes dans foies, poitrines aplaties, gueules plombées, le premier qui bouge est séché férocement et méchamment, placebo imparable pour ceux qui suivent et regardent.

À quinze, les membres aguerris d'un service d'ordre tiennent une salle. Quand tous les malades sont entrés dans leur sauna sonore, il faut protéger le matériel et embarquer la caisse, personne n'est payé pour empêcher tous ces sauvages de tout casser, leurs gueules y comprises. C'est comme cela que l'on fait un bon concert, sueur et horions, fauteuils volants et canettes supersoniques.

Le sbire du service d'ordre pense, en regardant la salle déjà pleine, et ça rentre toujours, qu'il y a bien déjà trois kilos de coke dans le tas : ils se donnent l'air de parias mais ont suffisamment de blé pour se gruyériser les trous de nez à cent sacs le gramme, et puis, quand ils ne sniffent pas, ils fument, une vaste fumée âcre lèche déjà les dorures décrépites de la vieille salle. La sono vrombit, bégayante. Ça commence à s'agiter. Dans dix minutes, le concert. Tiens, ce genre-là, pas encore vu... décidément... Un grand mec hirsute, avec un manteau de cuir violet. Il est hilare, en plus, ce con, pense le sbire du service d'ordre, mais, vache, l'armoire ! Des gants rouges... Je le fouille ou pas ? Il a l'air d'un mec qui vient pour bouffer quelqu'un... Bof... En avant, celui qui tombera sur lui oubliera tout...

La Hire reprit la moitié déchirée de son billet. La grenade défensive commençait à lui meurtrir l'aisselle, mais elle n'était plus froide, la chaleur du corps l'avait réchauffée un peu. Il se jeta dans de la blédine humaine. Que de fous ! pensa-t-il. Tous ces Bourguignons venant communier avec de l'Anglais, tant pis pour eux.

Sans que l'on puisse le voir, il dégagea la grenade quadrillée de dessous son épaule et la remit dans sa poche. Deux types, derrière lui, embrumés, l' tirèrent par son manteau de cuir pour pou . l'éjecter et, ainsi, passer devant. Il se retourna et les regarda, médusé. Ils veulent mourir, pensa-t-il. Il se mordit la lèvre pour que cela saigne un peu. Les deux mecs, voyant la bouche en sang et les yeux doux, extrêmement doux, s'excusèrent et tentèrent une percée ailleurs.

La Hire, du haut de sa grande taille, guetta. Son regard passa au-dessus des hérissés et chercha un coin où la densité de chair, d'os et de cuir fût plus fluide. Il se réfugia, après un slalom musclé, près du mur de haut-parleurs, près de la scène, loin de la cohue, là où le son est trop fort pour les oreilles fines. Les décibels, en grappes, lui firent dresser les cheveux sur la tête. Il commença à avoir chaud. Sa fine cotte de mailles lui pesait, sous le tee-shirt noir. Il se sentit soldat. Sur lui, aucun papier, rien qui puisse le désigner en tant qu'individu.

Le noir se fit : Death Navy, punkoïdes venant de Leeds, entra en scène.

Des Anglais…

La Hire les regarda sans haine : habillés comme des as de pique. Frime. Les guitares claquèrent, les gueules se changèrent en stéréotypes et le rasé du milieu se mit à éructer des mots que La Hire ne voulut pas comprendre. Un projecteur baladeur éclaira les hirsutes tressautements de leurs maigres jambes. Le son devint intenable, saturé, inaudible, bouillie décapante. La Hire, ébahi, regarda cette bacchanale stridente, sentant qu'une de ses oreilles se bloquait par intermittence. Il ne fallait pas que ça dure trop longtemps, sinon il deviendrait barjot.

Il s'avança, en biais, vers la scène, essayant d'éviter les coups et les ruades des spectateurs en transe. Un type le heurta violemment. Par réflexe, La Hire le saisit à la gorge. Le mec hurla et les agités du coin commencèrent à s'apercevoir que ce n'était pas à cause des affres du rock and roll La Hire se calma et lâcha le violacé. Il fit sem blant de sauter sur place, de danser, et dès qu'il fut sûr que plus personne ne le regardait spécia lement, il dégoupilla la grenade, dans sa poche, compta mentalement jusqu'à quatre et la lança sur la scène. Il fit mine de se casser la figure et tomba à terre. Immédiatement piétiné, il prit son mal en patience. Ce qu'il ne vit pas, c'est l'œil ahuri et incompréhensif du bassiste regardant rouler l'œuf noir au milieu des fils et des canettes vides. Le grondement rythmé de son instrument cessa juste avant l'explosion.

Deux secondes après la déflagration, La Hire se releva et, sans se retourner, se fraya un chemin vers la sortie, tout tendu dans cette fuite, hors du monde, et, dans son application à faire le vide autour de lui, il n'entendit qu'un unique et énorme hurlement. À aucun moment il ne fut tenté d'observer la scène où le ménage avait été fait : le chanteur et les deux guitaristes gisaient recroquevillés dans les débris d'amplis hachés. Le batteur hurlait, regardant sa jambe en sang. Une fumée épaisse s'enroulait autour des projecteurs invisibles qui fixaient, flashes suspendus dans le temps, incrédules et indélicats, ce solo de carnage.

Le service d'ordre essaya de bloquer les sorties, puis les ouvrit pour éviter le désastre. En passant, La Hire, les coudes hauts, cogna un gros tatoué qui en perdit le souffle, l'équilibre, la confiance et la réalité des choses. La Hire fut éjecté du Mocambo par une foule de braillards. Il se sentait sale et gluant, en sueur, recouvert du sang des autres, la gorge sèche, l'oreille sifflante.

Dans un café, il demanda un alcool.

Le garçon, en le servant, étudia cet étrange client, la masse des cheveux noirs lustrés et pourtant hérissés en boucles, le cuir violet, le tee-shirt à moitié déchiré et, à travers les trous, la faible luisance d'un habit métallique. Putain, pensa-t-il, plus ça va, plus c'est le Moyen Âge. Bientôt, ces cons, pour boire un café, ils vont poser leur hache sur le comptoir.

La Hire s'en alla, regardant à peine les ambulances et la Police, en face, fourmis agitées et saisies par l'ampleur de l'imprévisible.

Lui se sentait encéphalogrammiquement plat.

Orly-Ouest, les longues glissades grises du Grand Hall. Du monde, peu de monde, de ces êtres qui se déhanchent curieusement, avec la démarche des transitoires en transit, le regard encore perdu dans le sifflement des carlingues. Derrière les comptoirs en kevlar et aluminium lustré, des hôtesses chamarrées, aux couleurs de leurs compagnies, dressent des billets enrichissant leurs compagnies et scrutent, télématiquement, des écrans reliés aux sièges lointains de leurs compagnies.

C'est le calme feutré des aéroports.

Mais le charme discret de la richesse, du profit et de l'injustice les a pourtant abandonnés. C'est à présent le voyage organisé, les troupeaux chartérisés de mimiles hargneux, c'est le siège du terrorisme aveugle, du douanier indélicat et du gadget de mauvais luxe.

Au bout du Hall, un homme est entré. Il a un sac de voyage à la main. Il a les cheveux blonds, assez longs, raides et ses yeux rapides et conséquents évaluent très vite les distances, la place des gens, leurs mouvements, les entrées, les sorties.

Il choisit un siège de plastique orange et y assoit son long corps habillé de sombre, jeans noirs et veste de toile bleu de prusse. De son sac

23

de voyage usagé, il tire une paire de patins à roulettes qu'il attache patiemment à ses pieds. Puis il vérifie le contenu de ses poches, pas de papiers d'identité, et prend, dans le sac, avec une précaution amusée, une enveloppe de plastique gonflée, comme emplie d'une gelée mouvante et lourde. Il glisse le sac de voyage sous le siège, d'un geste las, et se lève. Il regarde brièvement dehors, sourit, et s'élance. Son bras droit, seul, se met à se balancer, le gauche tenant bien droit le sac mou. Sa vitesse grandit assez vite, les patins roulant sans grand bruit sur le sol vitrifié. Un vigile, éberlué par cet énergumène à roulettes, s'avance au milieu du Hall en écartant les bras. Le patineur l'évite du bras en le poussant énergiquement au dernier moment. Le policier trébuche et tombe à la renverse. Il sort un sifflet mais souffle trop fort pour que les stridences puissent se faire entendre. Le patineur a pris beaucoup de vitesse. Le policier se met à utiliser convenablement son sifflet. Les têtes se tournent. Tout se fige, en attente.

Des membres du service d'ordre de l'aéroport prennent place au fond du Hall, d'autres se précipitent vers toutes les portes de sortie et vers les escalators. Les gens s'écartent devant le patineur qui se met à hurler et à balancer également le bras tenant le sac de plastique. Il passe en hululant devant le stand des British Airways et jette puissamment le sac en direction des hôtesses. L'enveloppe éclate sur le mur aspergeant tout le stand d'un liquide horriblement rouge et mat, vaporisant de carmin les téléviseurs, maculant de cadmium foncé les robes et les feuilles de vol, ensanglantant les sièges et le comptoir. Les jeunes femmes, souillées, sentant l'odeur fade et écœurante, hurlent. D'autres gens crient, certains s'élancent à la poursuite du maculeur. Les flics s'énervent, hésitent à sortir leurs armes. Le patineur roule toujours, sort de sa poche un bas nylon au fond duquel est logée une grosse bille d'acier. Il le fait tournoyer au-dessus de sa tête. Il fonce vers une grande paroi de verre. Derrière, un parking. Des policiers courent et se rapprochent. La bille et le bas s'échappent des mains du patineur et fracassent la vitre securit qui se poussiérise instantanément, diamants gratuits sautant à la face du hall. Le patineur passe à travers la baie en courbant instinctivement la tête. Les roues de ses patins crissent sur le verre répandu.

Il saute sur le siège arrière d'une grosse moto pilotée par une jeune femme. L'engin démarre devant les yeux rageurs et incrédules de policiers qui mettent au moins une demi-minute à ameuter le reste de leur propre maison.

IRRÉEL/QUATRE/CHASSEGUET-DUBOIS

— Tout ça, c'est des conneries. L'armée secrète irlandaise, l'IRA ou je ne sais quoi encore ; tu vois, toi, l'IRA balancer cinq litres de sang de bœuf caillé sur des hôtesses de l'air ? Non, les pistes, faut les trouver. Tu vois, toi, l'IRA tenir l'Ambassadeur pour uniquement lui balancer un verre de whisky dans la tronche ?

— Bien sûr que non… N'empêche que je ne vois pas un rigolo descendre aussi froidement un policier pour éviter d'avoir une amende..

— Ouais. Problème. On a affaire à un ou plusieurs malades. Celui d'Orly ne correspond pas au signalement du tueur de l'Ambassade. En tout cas, faut faire fissa, ça s'agite au-dessus, la mort de Coulmes les a réveillés. C'est toujours pareil : du résultat et vite… Tu vas aller faire le tour des confrères, ces salauds-là, ils ne pourront pas refuser, tu auras toutes les recommandations nécessaires. RG, DST et tout. Tu ramasses tout ce que tu trouves, les politiques, les groupes irlandais, gallois, écossais, ceux qui ont des antennes en France, les groupes anti-Marché Commun, les ploucs qui font du mouton et tous les trucs comme ça…

— Les Affaires Extérieures nous préparent un topo sur tous les bleds qui en veulent particulièrement aux British, l'Argentine, Belize, Wallis et Futuna, les Papous, les Pygmées et ainsi de suite…

— Tu vas te marrer. OK, après, on fera le point. Tu ne négliges rien, tout est bon, même les Douanes, tu enquêtes sur tout ce qui s'est fait coffrer pour trafic, récemment. Mets tous les mecs sur le coup. Je t'en ai dégagé dix de plus pour ce boulot. Faut que ça aille vite.

— Ça va durer longtemps, c'est du boulot de limace !

— Eh bien, bave !

— Oh ! Soyez pas nerveux, y'a pas que vous qui avez des responsabilités !... Et l'attentat du Mocambo ?

— Hein ?

— Oui... Les quatre morts... Le concert de rock...

— Eh bien ?

— Les morts sont tous anglais, je vous ferai remarquer.

— Pas de parano, on va pas revenir aux Dominici.

— On a des tuyaux sur ce truc ?

— Non. On pense néanmoins que, tordus pour tordus, dans ce genre d'assemblées de tordus, y'en a bien un, drogué ou je ne sais quoi, qui fait, un jour, une connerie. C'est pour les pieds de l'Assurance et de l'organisateur. Ils n'ont qu'à fouiller les petits cons à l'entrée. C'est bien fait. Ça va nous permettre d'interdire ce genre de petites sauteries pendant un bon bout de temps...

— Allons bon !

— T'y vas, toi, à ces concerts de déguisés ?

— Non, mais pendant ce temps-là, les punks, ils ne vont pas casser des bagnoles, piller le métro, attaquer les Halles et tout le toutim.

— OK mais, dehors, au moins, on les voit. Ils ne sont qu'en petites bandes. Quand ils sortent à deux mille surchauffés par leur musique de singe, ça devient autrement problématique. Si on leur envoie les CRS, à tous les coups, c'est la bataille rangée. C'est Malard, du banditisme, qui s'occupe de ça, s'il veut ramasser tous les punks, les pinks et les ponques, ça le regarde, il va avoir du boulot… Excusez-moi… Allô ?… Oui, c'est moi… Bonjour… Oui, allez-y… Vous… Nous pouvons passer ? OK, on vient. Ne publiez rien avant qu'on voie ça. Oui, dans une heure, à peu près… Au revoir, à tout de suite.

— Vu votre tête, ça doit être coton !

— Pur coton. C'est l'AFP. Ils ont reçu trois trucs : le double d'un billet de concert punk, celui du Mocambo. Une photocopie de l'Invitation à la sauterie du Centre Canadien et le volet B d'un billet d'avion de la British Airways…

— Ah ! Alors ? Qui avait raison ? C'est tout ?

— Oui.

— C'est signé ?

— Oui…

— Alors ?

— C'est signé Arthur Rimbaud.

(Il faisait soleil. Une qualité verticale de vert se dégageait des arbres différents du Jardin du Luxembourg, feuillages impénétrables étouffant, à peine, la rumeur à quatre temps venant de la Rue d'Assas.)

Je repose ma carcasse fatiguée sur un banc de métal troué. Je regarde mon manteau de cuir violet que je ne peux plus voir en peinture mais que je garde comme fétiche, comme totem, comme témoin d'une élégance magique. Moi seul peux, de plus, sentir le mince couteau de lancer, acéré et poli, glissé dans des pattes cousues à même la doublure, et je m'arrange pour, quand même, mettre une touche de doux et de calme dans mon apparence : les pieds nus dans des sandales de baba, le catogan lustrant mes cheveux en arrière.

(En le détaillant plus avant, on pouvait remarquer le bord de la fine cotte de mailles, enfilée à même la peau. La large main, posée sur le bord glacial du banc, jouant avec les trous creusés dans le métal, tremblait un peu.)

J'attends Anna. Et ses yeux roses. Anna, qui du haut de ses dix-huit ans, me bouffe la vie, me ronge l'âme. Anna que j'ai envie de protéger et de serrer contre moi. Anna qui ne m'accorde pas grand-chose. Et qui m'en fait faire de difficiles, comme, par exemple, faire sauter à la grenade un concert de rock. Hier, elle m'a donné l'engin, enveloppé dans un sac FNAC, m'a expliqué sa destination et m'a donné rendez-vous ici, maintenant, pour me remettre du fric. Le fric dû. Je m'en fous même si ça peut m'aider à vivre. Ce que je veux, c'est elle, c'est qu'elle me regarde, de ses yeux rosâtres, ça me hérisse la peau sur la colonne vertébrale. Je m'en fous qu'elle m'appelle La Hire. Présomption de jeunesse, même si j'ai quatre ans de plus qu'elle. Quand j'étais en Terminale, elle était en quatrième et elle m'a vampé tout de suite. Et ne m'a jamais rien accordé. C'est ma sœur, avec cette éclatante possibilité d'inceste. C'est peut-être elle qui m'a fait ce que je suis. J'ai refusé les études, l'encadrement, la voie de garage huileuse, enfermé dans une spécialité. Je fais de petits boulots, me tirant quand le social m'agresse trop, quand les petits chefs essaient de mettre la main sur moi. Le chômage, connais pas. J'ai déjà allongé quelques types qui essayaient de me faire bosser comme eux. Alors je me sauve, me cache souvent. Je ne peux rien demander à l'État. Mais je suis heureux, même si je me suis durci, malgré mes jeunes années. Militant un peu, bien que cela soit l'aliénation totale. J'ai des amies, bien sûr, que je rudoie parfois, bêtement, comme si je ne trouvais pas de satisfaction à dormir avec elles : dans les yeux bienveillants de mes copines, je vois toujours les yeux pâles d'Anna, celle qui m'a dit, un jour : La Hire, si tu me touches sans mon consentement, si tu te montres vulgaire envers moi, je ne t'aimerai plus.

Je me suis fait piéger. Cela fait trois ans que j'attends, trois ans que je vois Anna apparaître et disparaître, ne rien m'accorder que son charisme amical, trois ans que je suis prêt à soulever des montagnes pour le simple spectacle de son sourire et de ses yeux roses. Je porte le nom étrange qu'elle m'a donné, je porte la fine cotte de mailles qu'elle m'a achetée, j'utilise les mêmes insultes qu'elle, tout ce qui est laid, con, mort et dangereux : anglais, tout ce qui peut devenir laid, con, mort, dangereux : bourguignon. Bien sûr, j'y ai vu une vague allusion au Moyen Âge. Boutons les Anglais hors de France. Pourtant, rien, dans Anna, n'est médiéval, elle fait très jeune fille moderne, fille de riches, pas mal de fric depuis la mort de ses parents, la fille à héritage, une usine ou quelque chose comme ça, je ne sais pas trop, je m'en fous. Ça me fait rigoler.

Si Anna ne vient pas, je vais en dégueuler mon corps et mon âme. Elle m'a choisi pour l'aider à liquider le drame, son drame. Je ne saurai jamais, sans doute, ce qui s'est réellement passé. Tout ce que j'ai pu comprendre, avec des allusions, des confessions, des recoupements, et ce qu'a pu me dire son frère, c'est que des Anglais, des touristes en vadrouille, il y a deux ans, avaient essayé de la violer et que, dans la bagarre, ils avaient renversé sur elle une lourde table de bois qui lui avait broyé le genou. Effrayés par cette horrible blessure, les esquilles d'os sortaient de la peau, ils avaient fui sans abuser d'elle. Elle boitait, depuis, avec une rotule en plastique qui la gênait pour marcher. Elle serrait les dents.

Je la trouve ainsi encore plus émouvante avec les deux petites masses pointues des condyles déformant ses joues. Je comprends la haine indéfectible d'Anna pour tout ce qui vient de Grande-Bretagne, et, pour tenir son joli petit corps chaud et cassé entre mes bras, je suis prêt à massacrer l'Angleterre dans sa totalité insignifiante.

Elle s'est assise, sur le banc, à côté de moi. Elle me regarde de ses grands yeux de brume opaline et m'embrasse sur la bouche. Je sens immédiatement sa petite langue contre la mienne. Je suis pétrifié. Elle referme ses lèvres et se refuse à ma demande soyeuse. Elle se lève, écarte les pans de sa veste de cuir sombre. J'aperçois la crosse du P. 38 passé dans sa ceinture, derrière. D'une de ses poches de chemise, elle retire une liasse de billets et me la donne.

— Comme prévu, voilà… Ta récompense… Tu as bien travaillé, La Hire.

— Anna, tu sais bien que…

— Non, La Hire, tu es un mercenaire. Reste-le. C'est comme cela que tu es.

Je prends l'argent. Il y a un sacré paquet.

— Demain, poursuit-elle, rendez-vous à huit heures, au Zeyer, place d'Alesia, les autres seront là, on part pour deux ou trois jours.

— Les autres ?

— Tu verras. Tu les aimeras. Tu en connais un, Gilles, mon frère. L'autre est comme toi, juste différent. Mercenaire et amoureux, comme toi. Pas de jalousie, La Hire, il en est au même point que toi. Jamais l'un n'aura un avantage sur l'autre.

Elle me caresse les cheveux, m'effleure les lèvres d'un baiser sec et part.

Je reste un long moment sans réaction. Quelque chose, l'unicité, s'écroulait, mais autre chose grandissait, la grandeur et la certitude d'une folie.

Mais qui étais-je, moi, moi qui avais balancé une grenade dans un lieu clos, massacre aveugle et terrorisme indélicat, pour traiter les autres de fous ?

Ma propre démence était la passion.

TRANSPARENCE/SIX/MATORD

Il faisait horriblement chaud dans le bureau. Meublé Galeries Barbès 64. Dubois pensa que, dans un film, il y aurait au moins eu un ventilateur. Chasseguet s'agita sur son siège.

Ils venaient d'arriver. Ils n'avaient pas couru,

mais les embouteillages et l'ascenseur en panne de l'AFP les avaient un tantinet cardiovascularisés. Le Commissaire divisionnaire Chasseguet n'était, apparemment, pas loin de la retraite. Ses magnifiques cheveux argentés adoucissaient un peu la rectitude et la froideur de son costard vieux jeu, sa moustache terrifiante abondait dans le sens de la rondeur épanouie de ses formes. Il avait un châssis terrible, des fesses splendides, à peine cachées par la grisaille du tweed bon marché. Le Commissaire principal Dubois, plus jeune, n'avait pas le désuet look maigretisé de son supérieur. Ses vêtements sport indiquaient un goût plus prononcé pour la crapahute et démontraient que ce fonctionnaire s'ennuyait un brin loin du terrain où il avait dû gagner ses galons : un fonceur assagi.

Matord, directeur des affaires intérieures de l'Agence, entra. Un petit gros. Doit avoir des hémorros, pensa Chasseguet. À force de soupeser le vrai du faux. Donc de tortiller du cul à longueur de journée.

— Monsieur le Commissaire Divisionnaire…

— Je vous présente le Commissaire Dubois qui est chargé tout particulièrement de l'affaire pour laquelle nous sommes ici, dit Chasseguet, d'une voix terne.

Dubois serra la main de Matord. Humide. Sa grande carcasse déplumée se rassit immédiatement et, collée à celle de son patron, fit un bloc uniforme, indestructible, anti-esthétique : deux flics dans l'exercice de leurs fonctions. Deux flics qu'on dérangeait. Il n'y avait que les médias pour les faire cavaler. Matord les regarda un court instant, pensif, se disant qu'il valait mieux avoir ces deux engins de son côté, question intellect bien sûr.

Il chercha un dossier, l'ouvrit et leur montra l'enveloppe, postée Gare St Lazare, les trois documents prouvant le rapport avec les événements et, enfin, la petite feuille blanche noircie de caractères Letraset. Matord ne dit rien, mais, dans ses yeux, il y avait la victoire du pauvre con qui en sait toujours plus que la Police.

Celui-là, pensa Chasseguet, le jour où il se fera enlever par les Brigades Rouges, Noires ou Vertes, on ne se remuera pas beaucoup le lard pour le délivrer, ça doit être le genre à faire des dossiers, pleins de ragots, de sous-entendus, de soi-disant preuves inaltérables et inattaquables.

— Vous ne lisez pas ? dit Matord.

— Si… Si…

Chasseguet lut sans rien voir, rien comprendre, rien élucider. Des mots. Des mots qui devraient l'aider à démêler l'écheveau imbécile de pelotes mortelles filées par des fous, des délinquants, des criminels, des terroristes, des tueurs.

Le message disait :

« … Leur Gordon est un idiot, leur Wolseley un âne, et toutes leurs entreprises une suite insen-

sée d'absurdités et de déprédations ..» A. RIM-
BAUD, 30 Déc. 84.

— J'ai vérifié, dit Matord.

— Vérifié quoi?

— Ce texte. Œuvres Complètes de Rimbaud.
La Pléiade.

— Ah oui, dit Chasseguet. Le genre de bouquins qu'il m'est impossible de lire. Avec mes
gros doigts, en plus, je les mouille, alors ça trans-
perce…

Matord le regarda sans savoir où s'arrêtait la
plaisanterie. Mais ce qu'il ne pouvait pas savoir,
c'est que Chasseguet en avait un, de la Pléiade.
Un cadeau de son gendre. La Bruyère. Il adorait.
Toujours d'actualité pour savoir ce qui se passe
dans la tête des gens. Seulement, il avait dû se le
repayer en Garnier Flammarion, avec des pages
plus épaisses, afin que les feuilles résistassent au
va et vient boudiné, violent et humide de son
index droit.

— C'est tiré, se reprit Matord, d'une lettre de
Rimbaud aux siens, écrite à Aden, dans laquelle
il parle d'un tas de choses, du genre commerce,
et dans laquelle il parle un peu des Anglais : ce
que vous avez sous les yeux.

— Je vois.

— Or, permettez-moi de remarquer que les
trois attentats perpétrés avant-hier ont tous été
dirigés contre des intérêts anglais, ou des Anglais
eux-mêmes…

— Merci du renseignement, gloussa Dubois.

— Non, je ne me moque pas, mais avouez que c'est une piste sûre !

— Ah ça pour une piste, c'est une sacrée piste, gémit Chasseguet. Des terroristes organisés, dangereux, habiles, marrants, même, le coup de l'aéroport… Et littéraires en plus. Ça commence bien… Bon, vous pouvez filer toutes ces conneries aux journaux. Ça ne mange pas de pain. Je voudrais bien voir la gueule des chroniqueurs annonçant ça. Peut-être qu'ils feront des supputations intéressantes.

— Je peux vous faire un book, proposa Matord.

— Oui, merci. En tout cas, si cela recommence, les billets doux littéraires, prévenez-nous, que l'on soit les premiers à en goûter la saveur intellectuelle…

— C'est d'accord, vous pouvez compter sur moi.

— Au revoir, Monsieur le Directeur.

— Messieurs…

DIEU/SEPT

… Un satellite franco-anglais, transportant un radar à propulsion nucléaire, est actuellement en difficulté et pourrait retomber sur terre à la fin du mois. Il s'agit de l'Interspace 3, lancé le 30 Août dernier, de la base d'Edwards, en Californie, pour s'intégrer au réseau de surveillance de l'Otan, en liaison avec l'armée américaine pour repérer les mouvements de la marine soviétique. Ce type de satellite transporte 20 kilos d'uranium enrichi. Généralement, ce genre d'engin, qui opère sur une orbite basse, est projeté sur une orbite plus haute à la fin de sa mission, où il est censé rester plus de 500 ans avec son matériel radioactif. Le mauvais fonctionnement d'Interspace 3 semble avoir empêché les guideurs, disposés en Australie, Grande-Bretagne et aux Îles Kerguelen, de procéder à cette manœuvre. Les services de renseignements scientifiques de l'armée ignorent, pour l'instant, dans quelle région du monde ce satellite pourrait tomber. Il faut se souvenir des problèmes politiques soulevés par la participation française, au niveau surtout de la technique nucléaire, à cette opération de l'OTAN…

(dépêche)

IRRÉEL/HUIT/CHASSEGUET (JOURNAL)

Je ne crois pas que je vais avoir beaucoup de temps, dans les jours qui viennent, pour tenir ce journal, la seule chose qui, à présent, me passionne vraiment. Dans un an, la retraite, après je pourrai me laisser aller, écrire, écrire, molester ma Japy, à m'en faire péter la tête et les doigts, leur balancer, à tous ces planqués, de bonnes tranches de détresse humaine et de boue civile. Un Ulysse noirâtre et nauséabond. Une saoulerie.

L'affaire Rimbaud. Appelons-la comme ça. Le type de l'AFP, il se gonflait les bajoues pour être à la hauteur, j'avais envie de lui voir pousser des favoris, couleur d'ambition. Rimbaud. En sortant de l'agence, je me suis surpris à me mordiller furieusement la moustache. Cela ne m'était pas arrivé depuis la mort de Françoise. Donc, il y a de l'émotion dans l'air, je ne sais pas encore pourquoi, je le ressens, c'est tout.

J'ai conseillé à Dubois d'aller immédiatement s'acheter les œuvres complètes de Rimbaud. Sa gueule ! Et de tout lire. Et de faire accélérer la participation des RG. Ceux-là, pour les lâcher, leurs putains de renseignements, il faudrait que les Russes traversent la Marne.

RÉEL/NEUF/GILLES DE LAVAL
DIT GILLES DE RAIS

De repenser encore à tout ce sang caillé que j'ai transporté tout un après-midi, j'ai envie de vomir. Pourtant deux jours ont passé. Mais je ne peux pas retirer de ma tête cette image, cette couleur. «Incarnadine» dirait Shakespeare. Anna avait insisté pour conduire la moto. Avec sa patte folle. J'ai eu peur sur tout le trajet du retour : elle a vite quitté l'autoroute pour s'enfoncer dans des petites rues, vers Choisy le Roi, pour traverser la Seine, gagner Maisons-Alfort et revenir par le Bois de Vincennes. Là, on s'est arrêtés et on a laissé la moto vers le Zoo. Je me suis inquiété. Mais Anna m'a dit que la Guzzi avait été volée le matin même par Poton. Encore lui. Ma sœur parle souvent de lui, et de Daniel, qu'elle appelle La Hire, étrangement. Moi, elle me nomme Gilles. Quand je lui demande pourquoi, elle me répond que c'est en l'honneur de Gilles de Rais. Et pourquoi ? Parce qu'il était pédé. Comme moi. Je crois que c'est une fausse raison mais cela me laisse toujours songeur. Anna est une des seules personnes qui ne voit pas mon homosexualité comme problématique. Les amis, tout ça, faut étudier le terrain avant de leur dire et de leur faire admettre. Elle a découvert ça très vite, intuitivement, et ce n'est pas parce qu'elle n'a pas d'amant, du moins je crois, qu'elle ne sent pas pleinement les désirs des autres. Elle me laisse souvent seul avec des garçons quand elle sent que l'été, l'heure tardive et l'alcool tendent à favoriser la peau.

Depuis la mort des vieux, on vit ensemble, dans un grand appartement clair et vide. Je n'ai pas voulu la quitter, à cause de son « accident » et je ne la lâche plus d'une semelle depuis que je ne comprends plus ce qu'elle a dans la tête. Cette haine des Anglais. Je conçois. Elle ne peut plus aller sur une plage, avec son genou en creux.

Ce côté médiéval. Ça me fait rire, mais j'ai remarqué que depuis le début effectif de ses lubies, elle est redevenue belle et tranquille et rayonnante. Elle semble oublier sa jambe. Alors, je l'aide. Je préfère cela à l'hosto-psy. Faire des conneries dangereuses, ça me plaît. Les flics, je m'en fous, un soir, je me suis fait ramasser, cogner, menacer de sodomie au balai par ces porcs gluants. Ils ne me font plus peur, ils sont devenus un paramètre acceptable. Et puis, avec Anna, depuis deux jours, c'est une intense rigolade, elle va me faire connaître le dénommé Poton, si jamais je peux le lui piquer, ce n'est pas elle qui va me faire une crise. Non, je déconne, il doit être amoureux fou d'elle.

J'ai pris quinze jours de vacances. L'informatique attendra. Le Solar-Seems 15 aussi. Je m'intègre à un autre programme et j'aime ça.

RÉEL/DIX/JE-ANNE

l'autre perdu
là-bas
au Harrar
c'était pendant l'Harrar d'une profonde nuit
qui, petit à petit
sombre monde imprévisible
voit son genou, ce rond blanc, lisse, livide et huilé
mécanique de précision

la marche est le moteur de l'âme
gonfler
et devenir violet
ce n'est pas la tête
qu'il avait bien tuméfiée et bizarre
cinquante ans d'avance
qui va pourrir son corps
c'est le genou
les cafards vont lui cracher dans la poche syno-
    viale
et le scorpion mortifère va donner sa couleur à la
    peau
et sous le chasse-mouche
le long des murs bleu clair
alors que le persique clapote
étendu sur un drap moite
il ira bien
son corps et ses affaires vont bien
tout va bien
sa petite sœur l'aime toujours
sa maman, deux fois l'an, lui écrit
mais lui
son genou
gonfle et se violétise.

RÉEL/ONZE/DUNOIS

La voiture avait longuement glissé sur l'autoroute, ombre grise se mêlant à un ruban noir. Les

quatre occupants se taisaient. Trois d'entre eux attendaient que la quatrième parle, mais Anna était désespérément muette. Aucun de ses compagnons ne prenait ce silence pour le résultat d'un manque, d'un ennui ou d'une maladie. Tous la sentaient tendue, hargneuse, remplie d'une joie intense. Sur ses genoux, un annuaire téléphonique. Le vent sifflait par l'interstice d'une vitre à peine baissée.

La voiture dépassa la bretelle de sortie vers Orléans.

Le temps glissa le long du défilement monotone du rail d'acier bordant l'autoroute.

Ils sortirent à Meung-sur-Loire et, par Cléry et Saint-Hilaire, gagnèrent Olivet. Là, venant du Sud, ils se dirigèrent vers Orléans. La campagne désuète avait déjà disparu au profit de ces banlieues dérisoires texaco-monsieur-meuble, sales, bruyantes, démodées. Anna fit stopper la voiture juste devant le Pont sur la Loire. En face, Orléans.

Elle descendit et s'assit sur le capot. À l'intérieur du véhicule, ils avaient la vue bouchée par le grand imper kaki d'Anna, mais tous sentirent la qualité des bleus, celui, sale, du fleuve, celui, banal, du ciel de juin et celui, impalpable, qui nimbait la ville. Ce spectacle avait, comme un paysage de Vermeer, en lui une urgence. Aucun des trois garçons ne se demandait ce qu'il faisait là et pourquoi. C'était comme une armée aveugle et fidèle, une condotta.

Poton prit l'annuaire, sur le siège avant. Une

marque au feutre noir zébrait une page. Un nom était entouré, Glassedal J., 50 Avenue Thiers 24 62 38. Connais pas, se dit-il, mais celui-là, il ferait mieux d'être à des kilomètres. Anna marcha un peu, de sa démarche chaotique, devant la voiture. Elle semblait énervée, s'arrêtait, repartait. Ses mains s'ouvraient et se refermaient, spasme mécanique angoissant. Sa claudication augmentait la tension qui semblait l'habiter. Gilles sentit ses cheveux, sur sa nuque, se hérisser.

Un chien approchait, seul, face à Anna. Crotté, laid, maigre et affamé, un infernal bâtard, tout à son désespoir de ne pas se dobermaniser pour bouffer la terre entière. Blanchâtre, avec ces taches mal réparties, souillures de la vie, le déséquilibrant à jamais aux yeux des hommes qui ne sont pas racistes, sauf pour les clébards.

Anna s'agenouilla et, les yeux attentifs, la parole douce et chaude, attendrit le bâtard qui la regarda, la huma, soupesa si l'apparente bonté de cet humain était une chance de plus ou un coup de pied en vache.

Anna ramena le petit chien dans la voiture. Terrorisé par la présence des autres, il essaya de s'enfuir. Mais Anna le tint fermement et lui donna un gâteau qui s'affaiblissait depuis un bon moment dans la boîte à gants. Le chien l'avala goulûment et regarda, de son œil à la paupière lourde, tout le monde : alors il aboya. Plus un rot qu'un signe de canidité.

— On l'appellera Dunois, dit Anna.

Poton s'enferma subitement dans une rêverie amusée.

Anna mit le chien sur les genoux de Gilles et sortit de sa poche trois papiers pliés. D'un geste doux et sûr, elle prit le bonnet de La Hire et les mit dedans.

— Deux vont rester avec moi, le troisième ira exécuter une autre mission. Il me faut tirer au sort. Quoi qu'il arrive, on se retrouve dans deux jours, à dix-huit heures, au bar du Lutétia… La Hire, choisis.

Il hésita un moment, prit un papier et le déplia :

— Xaintrailles.

— J'ai compris, dit Poton.

Anna descendit de voiture et s'éloigna avec Jean. Gilles regarda ailleurs. La Hire ne put détacher ses yeux du couple déambulant lentement autour du véhicule. Anna parlait, Poton écoutait. Elle l'embrassa tendrement sur les lèvres. Le corps frêle et élégant de Poton sembla se tendre et trembler. La Hire n'avait pas mal, il ne se sentait ni oublié ni doublé. Une sorte de connivence le liait désormais aux deux autres, aucun d'entre eux ne pouvait se targuer d'exclusivité. Anna donna une feuille de papier à Poton, ouvrit le coffre de la voiture et lui confia un sac en plastique. Poton s'approcha et, par la vitre ouverte, s'adressa à la Hire en riant :

— À bientôt, l'Armagnac !

— Salut, prends garde à toi.

— Au revoir, Gilles, prends soin de ta sœur !

— Oh, tu sais, moi les filles, répondit-il, évasif et rigolard.

Jean Poton partit à pied, sa maigreur stylée sanglée dans une combinaison noire, silhouette de spadassin gommée par la dérision invraisemblable du sac plastique des magasins Tati pendant à son bras gauche.

IRRÉEL/DOUZE/CHASSEGUET-DUBOIS

— Non, rien… J'ai tout lu. Ça m'a rappelé ma jeunesse.

— C'est pas ça qu'on te demande.

— Bof. Le texte de Rimbaud vient d'une lettre qu'il a écrite quand il était en Afrique. Il faisait du commerce et les Anglais lui mettaient des bâtons dans les roues. Mais il n'en parle pas souvent. Faut vraiment tout dépiauter pour les trouver, ces allusions aux angliches…

— Et à part ça ?

— Rien. Il a été, avant, souvent en Angleterre, avec son pote Verlaine. Il y a des lettres écrites de là-bas aussi. Ils étaient pédés ou quelque chose comme ça. Mais il ne se plaint pas, les Anglais, à ce moment-là, on dirait qu'ils n'existent même pas.

— Pas même entre les lignes ?

— Écoutez, Patron, je me suis tapé plus de mille pages de ce connard en deux jours, alors, les doubles sens...

— Et si le dénommé Rimbaud était là, sur une chaise, tu lui dirais quoi ?

— Ben je lui dirais qu'il a bien fait d'abandonner la poésie pour la vente d'armes et de chameaux, c'est plus rentable.

— Dubois, t'y connais rien.

— OK, je sais. Remarquez, ce con... il en est mort, il est revenu à Marseille se faire amputer d'une patte folle, tu parles d'un destin pour une tante...

— Plus tu te cultives, plus tu deviens grossier. Bon, revenons à nos moutons... Les RG ? Ils ont ouvert ?

— Ouais, les gars sont chez eux pour fouiller.

— Dès que c'est fini, faudra mettre tout ce qui est sorti sur une trieuse, au service informatique. J'ai réussi à réserver deux bécanes rien que pour ça. D'autre part, tu vas essayer de me trouver une liste de types qui auraient participé ou travaillé dans des revues de poésie genre Rimbaud, genre pété des neurones. Comme cela, on comparera, on ne sait jamais...

— Décidément, je fais la taupe, moi !

— Creuse !

— Et vous, rien de neuf ?

— Rien. Des rapports balistiques. Coulmes a avalé du 11/43. Les punks se sont farcis une quadrillée d'origine tchèque. En vente partout ou presque. La lettre a été faite au Letraset. Impossible de remonter. Rien quoi. Pas de groupes englishophobes à Charleville-Mézières. Par contre, y'a peut-être un truc, c'est Marty qui m'a mis la puce à l'oreille… Le reggae…

— Le reggae ?

— Les nègres. Bob Marley et compagnie. Les rastas. Son fils, à Marty, il n'écoute que ça. C'est une secte qui croit en Dieu, mais leur Jésus-Christ à eux, c'est le Négus, l'ancien Roi d'Éthiopie. Rimbaud s'est baladé par là, non ?

— Lui, c'est le Harrar. Mais c'est pareil… Et alors ?

— Ce sont des Jamaïquains, anciennement anglais et puis le reggae et les punks, ce n'est pas exactement pareil. En Angleterre, ils se tapent dessus… Bof… Tout ça… Les rastas sont non-violents et il faudrait m'expliquer pourquoi ils dégommeraient des Anglais en France… Mais faudra quand même vérifier. Envoie Contabon à Pigalle se rencarder sur tout ce toutim. Il est martiniquais, ils se méfieront moins. Et ce n'est pas la peine de me regarder comme ça, oui j'ai du boulot, oui je travaille, j'ai trois hold-up par jour, quatre assassinats, cent cinquante plaintes à me farcir. Mon boulot, c'est de panacher. À propos, tiens, au lieu de rester planté là comme un garde mobile, envoie quelqu'un me chercher une canette.

— À vos ordres, chef !
— Chambrée, la canette !

Le Garage Talbot donnait sur une place, petite, aérée, avec trois rues en dégagement, dont deux axes sans feux rouges. Xaintrailles fit nonchalamment le tour du pâté de maisons, passant dans la petite rue derrière, remarquant les voitures attendant la réparation, rien ne lui semblant mériter l'attention pointilleuse de sa mission. Mais l avait compris le pourquoi de tout ça, la quête paranoïaque d'Anna, et c'était si lumineusement logique qu'il ne pouvait qu'apprécier, lui qui ne voulait que de l'art dans sa vie. Les autres auraient pensé : un garage, allons donc, même pas British Leyland, Jaguar ou Rolls Royce, non, Talbot. Peut-être se confierait-il à La Hire qui, malgré sa stature de brute de la, Côte Ouest, lui avait paru placide, pondéré, calme, attentif, et amoureux, lui aussi, d'Anna.

Une porte ouverte donnant sur une autre rue.

Xaintrailles s'approcha, siffla et fit des bruits bizarres avec sa bouche. Pas de chien. Étonnant. Généralement la ferraille s'encanaille avec les clébards de toute sorte. Surtout le genre chien-flic hurleur. Il n'aimait définitivement pas les chiens, ça se dresse trop, ça accepte les coups et ça a du

49

mal à se démerder tout seul. Les chats, au moins, ne nous aiment pas. Et nous regardent comme des quantités négligeables, signe de sagesse instinctive, signe de morale, on ne pactise pas avec le Grand Prédateur. Souvent, ils volent et s'en vont. Les chiens nous regardent comme de grands chiens, de grands chefs. Les chats nous regardent comme des hommes et nous snobent.

Jean Poton refit le tour du garage et, toujours affublé de son grand sac plastique, alla s'attabler au café, en face, de l'autre côté de la place.

Il commanda un double express. Une ou deux voitures entrèrent dans le garage. Deux mécanos en sortirent pour venir écluser un demi au comptoir du petit café. Deux de moins.

Xaintrailles paya sa consommation, vérifia si son revolver était bien sous son bras gauche, regarda quelques instants dans le sac de plastique, sortit son briquet, le fit fonctionner, puis le mit dans une de ses poches. Les nombreuses fermetures Éclair de sa combinaison noire lui servaient à ça, des poches de vie, des cachettes de mort.

Tout cela pour le regard d'une femme. Mais goûter sa langue, ce baiser qu'elle lui avait donné. Un jour, il poserait sa main sur son sein et caresserait, sans trop y croire, le mamelon. Peut-être l'a-t-elle bleu, puisqu'elle a les yeux roses ?

Xaintrailles se leva, prit son sac, et marcha vers le garage, de la démarche précautionneuse qu'ont les gens qui créent le danger. Les deux mécanos étaient toujours au bar et engloutissaient de la mousse qui se dissimulerait bientôt dans leurs estomacs distendus par la bière.

Il entra dans un grand hall où de nombreuses voitures étaient dépoitraillées. Il aperçut très vite cinq hommes, plus celui, dans la cage de verre, qui le regarda passer, ses yeux délavés le fixant par-dessus ses lunettes. Xaintrailles lui fit, de sa main libre, un petit salut rassurant. Le type ne bougea pas, le regardant toujours, cherchant dans sa mémoire en clef de huit au volant de quelle bagnole ce zigoto avait pu arriver et si elle était réparée, cette bagnole.

Xaintrailles repéra vite la porte du fond, celle donnant sur la petite cour ferraillée. Puis il chercha le coin du garage le plus imprégné d'huile, d'essence et de graisse, un coin où il n'y aurait pas beaucoup de monde. Il le trouva rapidement : deux établis, une voiture sur un pont, des tas de clefs et de limes, un monceau de vieux chiffons, des bidons superposés, un mécano. Xaintrailles s'avança vers lui et s'arrêta à cinq mètres de l'ouvrier qui, relevant la tête, le regarda avec étonnement. Xaintrailles posa son sac par terre, se pencha et en sortit une bouteille de verre aux trois quarts pleine, bouchée par un tampon de tissu. Il la posa devant lui, se releva et sortit son revolver, visant le mécanicien :

— Calte ! Au fond !

Détermination acérée du geste. Le mécano, s'essuyant nerveusement les mains à un grand chiffon noirâtre, s'éloigna, en crabe, dans la direction de ses autres collègues. Poton ramassa la bouteille, l'inversa, mit le feu au bouchon et balança le tout dans le coin huileux du garage. Le cocktail Molotov explosa et tout crama instantanément.

Il se mit à courir vers la petite porte. Un type se précipita, une clef anglaise à la main. Xaintrailles tira, visant les genoux. La détonation claqua sous les verrières, le type fit une pirouette et s'étala en hurlant, la clef tomba à ses pieds. Xaintrailles fit deux pas, la ramassa et la jeta de toutes ses forces sur les autres mécaniciens qui se tapirent derrière les carrosseries. La clef pulvérisa deux bouteilles d'acide qui explosèrent en chuintant. Une épaisse fumée noire tendait à envelopper l'échauffourée. Xaintrailles sortit du garage par la petite porte, sauta la grille et courut dans la rue. Le soleil en fit une silhouette improbable et la fuite un néant.

TRANSPARENCE/QUATORZE/GLASDALE

Jacques Glassedal, quarante-cinq ans, un petit gros qui avait oublié d'être joli n'eut pas le temps de voir qui avait sonné à la porte de son appartement. Le canon moiré d'un pistolet s'enfonça dans sa bouche ouverte et le plaqua contre le mur. Un cadre enfermant une horreur vasarelyenne tomba par terre. Madame déboucha, horrifiée, de la cuisine. Une grande ombre se précipita sur elle, plaquant une large main sur sa bouche. On la renversa sur le canapé du salon, on arracha les fils du téléphone et on la ligota sévèrement, la couchant sur le ventre, la face dans la rainure, entre le coussin et l'accoudoir, là où il y a toujours les vieux mégots, les stylos bille desséchés et la pièce de 5 francs. Elle sentit que l'on amassait deux ou trois coussins sur sa tête et n'entendit plus rien.

Au bout d'un moment, elle cria.

Une demi-heure après, il lui sembla que les veines de son cou allaient péter. Elle s'évanouit.

En revenant à elle, par bonheur sa tête était plus basse que ses pieds et avait donc été maintenue irriguée, elle sentit qu'elle avait fait pipi dans sa culotte. Elle réagit et se tortilla comme un ver.

Au bout de deux minutes, les poignets et les jambes cisaillées, elle réussit à tomber du canapé.

Pendant une demi-heure, elle rampa jusqu'à la porte du salon. Au bout de dix minutes et de trois essais, elle réussit à se mettre debout. Elle n'avait pas cessé de hurler pendant cette gymnastique désespérée. Elle parvint, avec le bout de l'omoplate gauche, à allumer la lumière.

À ce moment, son fils rentra du ciné.

Jacques Glassedal, lui, était dans le coffre d'une

voiture et tournait lentement de l'œil à cause des gaz d'échappement. Cela faisait un bon moment que le véhicule roulait, à grande vitesse, vu la qualité du chuintement des pneus. Il avait à peine vu la jeune fille, les deux mastards l'ayant trop vite enfourné dans le coffre. Il avait entendu un chien aboyer. Qu'est-ce qu'on pouvait bien lui vouloir ?

Ce n'était pas avec les huit mille francs qu'il gagnait par mois, qu'il pourrait payer une éventuelle rançon.

Il avait eu très peur, ne pouvant contrôler une intempestive montée d'adrénaline, mais il s'était ressaisi : la guerre d'Algérie, où il avait djébelisé pendant trois ans, l'avait aguerri et lui avait donné le juste goût des arts du risque et du danger. Maintenant, ce qu'il regrettait, c'était de ne pas pouvoir se battre, quitte à prendre sa dégelée, mais il aurait voulu bouger. Il avait dégueulé sur lui, l'odeur d'essence étant insupportable, la non-vision du dehors lui déformant l'instinct d'équilibre et provoquant la nausée.

Ce ne sont pas des malades mentaux, ils sont trop nombreux et organisés. Non, c'est une erreur sur la personne. À moins que cela ait un rapport avec mon boulot à la Centrale. C'est sans doute cela. Des écolos. Ou des espions. À tous les coups, c'est ça, pensa Glassedal, je ne vais pas tarder à le savoir, le principal, c'est de tenir, de ne pas perdre patience, de me laisser bercer dans cette boîte noire, nauséabonde, sans air.

Il sentit que la voiture s'arrêtait, qu'elle s'engageait dans un chemin creux, il entendait les cailloux crisser sous les pneus et des cahots brutaux lui firent valser la tête sur la tôle. La voiture stoppa. Un grand silence à l'odeur d'essence. Des portières claquèrent.

Le coffre s'ouvrit, une luminescence aveuglante envahit Glassedal. Il cligna férocement des yeux. Quand il put s'habituer à la lumière, il aperçut la jeune fille qui le regardait. Des yeux fous, elle a des yeux de folle. Albinos. Un lapin fou. Elle lui parla :

— Tu mourras sans saigner !

Et le coffre se referma. Hypnotisé, il n'avait pas fait un seul mouvement.

DIEU/QUINZE

… Le centre spatial de Toulouse, habitué à collaborer avec les Américains pour le repérage des satellites, s'est mis au travail dès jeudi matin pour tenter de déterminer, à partir des données fournies par les radars du NORAD (organisation américaine de défense aérienne), la trajectoire et donc le devenir du satellite Interspace 3. Une mission délicate puisque l'Otan ne veut pas directement collaborer avec les responsables français et puisque le satellite peut prendre, en quelques fractions de seconde, en défaut les ordinateurs les plus sophistiqués. Une simple modification de son inclinaison peut suffire à déplacer considérablement son point de chute. Du coup, dans le cas où des morceaux de satellite arriveraient jusqu'au sol, on ne connaîtrait que quelques jours avant la chute la région concernée.

Cette alerte spatiale est la quatrième depuis 1978. La première avait conduit le 24 janvier 1978 à la chute d'un satellite soviétique, le Cosmos 954, qui . . . .

(dépêche)

IRRÉEL/SEIZE/CHASSEGUET-DUBOIS

— Alors ?

— Alors rien. Toujours rien. Par exemple, l'Amicale Guillaume le Conquérant, c'est le genre à déclarer qu'en fait, les Anglais ne sont qu'une poignée d'agriculteurs allemands…

— Je vois.

— L'IRA en France… Certes, des gauchistes en tout genre, voire des fachos du club catho-intégriste pourraient les aider à leur insu, mais c'est peu probable. Les RG vérifient. Deux de mes gars sont sur place.

— C'est tout ?

— Mais non, vous le savez très bien. On a un fichier de 423 groupes ou associations qui ont une raison déclarée d'en vouloir aux Anglais. Cela va, très officiellement, de la FNSEA…

— Les ploucs ?

— C'est cela, le syndicat, la guerre du mouton, donc ça passe par l'Association Dunkerquoise contre le tunnel sous la Manche, ça passe par 37 clubs Jeanne d'Arc, prêts à venger leur sainte.

— Cette pute.

— Je vous en prie... jusqu'aux pêcheurs à la ligne qui sont contre la pêche du saumon à la fleurette.

— C'est quoi, cette connerie ?

— Je vous dis un exemple, comme ça. Trente ans, ça va mettre à vérifier leurs emplois du temps, à tous ces tordus !...

— Et vous ?

— Quoi, moi ?

— Cherchez bien, Patron, vous avez bien une raison d'en vouloir aux Anglais !

— Vous vous foutez de moi ?

— Non.

— Ben... Euh... Ouais. Plein.

— Ah !

— Je me suis pris une beigne à un match de foot, un jour. Des supporters de Newcastle, au Tournoi de Paris. De vraies terreurs. Dix litres de bière par individu, au moins.

— La DST doit nous faire parvenir un rapport sur les groupes émanant d'anciennes colonies en lutte contre les british ou essayant de faire pression, le genre lobby... On verra...

— N'importe comment, je ne vois pas le rapport avec Rimbaud.

— Ça peut être une vanne, pour nous foutre dans la mélasse.

— Bof. Des pros auraient fermé leurs gueules, des politiques auraient tout de suite annoncé la couleur… Y'a que des barjos pour faire un coup comme ça.

— N'oubliez pas qu'il y a eu mort d'homme…

— Je n'oublie pas, tête de bœuf, je n'oublie pas ! J'en ai ras le bol de toutes ces conneries ! On ne croit jamais à ce qu'on voit. Mais on trouve toujours. Ou quand même. C'est une consolation. Tu remets l'Affaire Poinard ?

— Le mec qui a été descendu chez lui d'une balle de FM ?

— Ouais. On a cherché des mois. Les mobiles, sa famille, ses amis, ses ennemis, la politique… Rien. Rien ne collait. Un FM ! Eh bien, c'était un connard de petit con de merde de fils de diplomate à la mords-moi le doigt qui habitait à une borne de la baraque de Poinard. Ce petit enfoiré avait un FM vissé sur son appui de fenêtre et Monsieur, quand il était bouffé, faisait des cartons sur les corbeaux. Poinard s'était mangé une balle perdue. Tu crois que quelqu'un des environs aurait dit aux gendarmes : y'a un mec qui tire au canon sur les pigeons ? Non, tu peux crever, il y avait même un type qui habitait à côté qui croyait que c'était une tronçonneuse !

— … Je ne sais pas quoi vous dire, Chef!…
— Eh bien, tais-toi!… Rimbaud, rien?
— Ben non, je vous l'ai déjà dit. Je ne vais pas tout me retaper pour des prunes, je vous dis que ce n'est pas dans Rimbaud qu'on va trouver une piste…
— Cherche toujours, ça t'occupera.

RÉEL/DIX-SEPT/JE-ANNE

l'autre perdu
là, en bas
à même pas mille kilomètres de Charleville-
    Mézières
se retrouve à Marseille
le genou bouillabaisse
et dans sa dernière lettre
moi
impotent
malheureux
je ne peux rien trouver
le premier chien dans la rue vous dira cela
et puis
plus loin
je suis complètement paralysé
et sa sœur
cette conne
je ne la crois pas
elle a beau dire qu'avant de crever il a demandé

Dieu
quelle connerie
Dieu
il l'a laissé loin
dans un pot de chambre
quand les rayons de lune lui font
aux contours du cul
des bavures de lumière.

TRANSPARENCE/DIX-HUIT/MATORD

Matord était excité comme un pou. Il tenait une lettre. Une lettre qui valait de l'or, de l'or pour lui, de l'or pour l'Agence. Directo *France-Soir*, *le Parisien* et puis, peut-être, le reste, *Libé* sûrement, *le Matin* pour ne pas perdre la main. Et les radios. Et la Télé. Des sous pour la Maison. D'accord, ils payent tous l'abonnement, mais une bonne affaire comme ça, ils oublient qu'ils payent et nous prennent pour leur sauveur, car la crise économique, bof, ça intéresse le porte-feuille, pas la saloperie qu'on a dans la tête, que les lecteurs ont dans leurs têtes.

Mais avant, faut en parler à Chasseguet. Un bon flic, Chasseguet, un mammouth, le vieux chef sans lequel les jeunes loups peuvent aboyer sans fin. Un mec qui a le bras long. Un faux pas et moi, Matord, même si j'émarge au Ministère, hop, bonjour les emmerdes. Mais ça va l'intéresser, Chasseguet, ça c'est de l'énigme, ça c'est de l'étrange.

Matord regarda le papier, devant lui, soigneusement déplié. Les caractères Letraset, les mêmes. Encore une lettre de Rimbaud. Encore un extrait.

« … Qui sait ? On nous bombardera peut-être prochainement. Les Anglais se sont mis toute l'Europe à dos… »

A. Rimbaud

Et puis deux phrases, l'une au-dessus de l'autre :
Orléans. Garage Talbot.
Orléans. Glassedal. Quiberon.

Matord avait immédiatement vérifié. Sur l'implantation du téléscripteur il avait eu le genre de confirmation qui faisait monter la fièvre : deux jours auparavant, un inconnu avait jeté un cocktail Molotov dans un garage d'Orléans et avait fracassé, d'une balle de revolver, le genou d'un mécano essayant de s'opposer à l'attentat. Pas de mobile apparent. Malveillance ? Le patron du garage est un des militants RPR les plus actifs de la ville. La presse locale y a vu un des avatars de la lutte électorale. Tu parles… Jacques Glassedal, enlevé par trois ou quatre individus, le 10 au soir, selon le témoignage de la femme et du fils. La femme est restée ligotée deux heures. C'est le fils qui a délivré sa mère et prévenu la Police. Pas de demande de rançon. Les ravisseurs ne se sont pas manifestés. Aucune nouvelle depuis. Aucun motif à l'enlèvement, ni politique ni financier. Glassedal travaillait dans l'usine atomique de Chinon. Une courte enquête chez les gauchos-écolos du coin n'a rien donné.

Matord sourit. Chasseguet se braquerait immédiatement sur Quiberon. Il fallait prévenir le correspondant de l'AFP à Nantes. Les nouvelles intéressantes viendraient de là.

RÉEL/DIX-NEUF/ÉTIENNE DE VIGNOLES
DIT LA HIRE

Juste avant Nantes, nous avons garé la voiture sur un parking désert. Il faisait nuit, cinq heures du matin, ça pluviotait. Un écran humide opacifiait l'obscurité autour de nous. Anna est allée voir l'autre type, dans le coffre. J'ai remarqué la gueule désespérée de Gilles, dans le rétroviseur. Son frangin : de temps en temps, il semble traîner sa sœur comme un boulet empoisonné et, parfois, c'est lui qui paraît lui redonner du ressort. Une sorte d'osmose fraternelle à laquelle Poton et moi ne pouvons participer. Je n'y comprends pas grand-chose, je suis fatigué, j'ai sommeil, mais les actes absurdes que nous exécutons me semblent un chaud carcan. Toute cette imbécillité apparente meuble nos indécisions et c'est bien.

Anna a refermé violemment le coffre, puis, au

lieu de reprendre sa place à côté de moi, devant, elle s'est mise à marcher autour de la voiture, la contournant plusieurs fois, pleine d'impatience et de désespoir. Je l'ai senti à la façon qu'elle eut de s'éplucher la lèvre inférieure avec les deux doigts de sa main droite.

Elle revint de mon côté. La vitre était ouverte, laissant entrer un peu de brouillard spongieux. Elle me regarda longtemps, les deux mains appuyées contre la vitre, me fixant, fourbue, mais curieusement détendue :

— Il est mort, dit-elle de sa voix voilée. Asphyxié.

J'ai regardé le parking, devant moi.

J'allumai les codes. L'asphalte se mit à luire.

Une boule se noua dans ma gorge : balancer des grenades, très bien, morts anonymes. Là, le type, exorbité, avait crevé la langue pendante, le sang caillant sous l'abus d'oxyde de carbone. Il était mort avec nous, agonisant à la même vitesse.

— Faut le balancer à la mer, dit Anna.

— Je connais un coin.

En prenant ainsi la parole, Gilles trompa son angoisse que j'avais sentie, aigre, derrière moi.

— Du côté de Quiberon. Penthièvre. Très beau. Côte sauvage.

Un grand cercueil pour un banal cadavre.

— On peut jeter la bagnole avec ? demanda-t-elle.

— Possible.

Je me taisais toujours. Anna dut sentir mon décalement. Par l'ouverture de la vitre, elle me caressa et m'embroussailla les cheveux. J'éteignis les phares de la voiture. Gilles sortit, pressentant quelque chose. La petite veilleuse faible et jaune s'alluma à l'intérieur du véhicule. Anna monta à côté de moi, se pencha et me mordit les lèvres. Sa langue se fraya un passage entre mes dents. Je lui rendis son baiser. Rassurée par ce simple geste lui montrant que j'étais toujours avec elle, toujours d'accord avec sa folie, elle déboutonna le devant de son chemisier. De ses deux douces mains, elle me prit la tête et me guida lentement vers sa poitrine. Je poussai du nez la toile de la chemise et, de mes lèvres sèches, je suivis les minuscules et émouvantes veines bleues courant sur la peau blanche.

Gilles revint :

— Faut y aller. Si jamais des flics passent, on est bon pour le contrôle.

Anna referma sa chemise et resserra les pans de son grand manteau militaire. Je mis, tremblant, le moteur en marche. Dunois jappa.

IRRÉEL/VINGT/CHASSEGUET (JOURNAL)

… cela risque d'être la dernière grosse affaire que je superviserai. Je terminerai ma carrière avec une bonne année de délinquance intraitable et de crimes passionnels à la con. La propriété du corps. Mais, là, Rimbaud, c'est du sérieux, de la belle énigme. Il y a au moins un enflé qui a failli tuer deux fois, au 11/43. La même attitude, à l'Ambassade et au garage d'Orléans. Tranquille, sûr. Un pro. Peut-être. J'ai acheté, moi aussi, mes œuvres de Rimbaud. La deuxième lettre y est, datée du 15 avril 85, écrite à Aden. Comment c'est, Aden ? Des souks pourris dégueulant dans la mer, des villas anglaises en forme de tasse de thé ? J'ai repéré une autre lettre parlant également des Anglais. Je l'ai recopiée et je pourrai la réciter à Matord, ça lui en bouchera un coin à ce con. Il se croit finaud avec son sourire en rondelles. Parce que, à mon avis, il va y en avoir d'autres, de petites missives du genre. Ils veulent nous mettre dans la position de ceux qui, plus ils ont de renseignements, moins ils y voient clair. Comme toujours, à un moment donné, ils feront une allusion de trop. Je ne sais pas. Il y a comme une rigolade dans l'air. Le rire du fou. À Quiberon, toute la gendarmerie fouille. Ils ont au moins quelque chose à faire. Et puis, top secret. Matord a reçu l'ordre de ne plus rien laisser passer. Rimbaud sera sevré de mythe, il fera des erreurs pour réapparaître au grand jour. Il faut bien tout tenter. Si cela pouvait durer au moins un an… Dubois, il est éberlué et gêné. Il ne supporte pas l'absence de mobiles, l'absence de raisons psychologiques ou politiques. Il n'y a pas, dans son manuel, de chapitres consacrés aux canardages littéraires. Il lui faut trouver le fric, le pouvoir ou le cul derrière tout. Il ne désespère pas d'en trouver…

RÉEL/VINGT ET UN/LA P..
DES ARMAGNACS

Après Penthièvre, la voiture gagna, par des chemins détrempés, une pointe rocheuse, face à l'Océan. Le ciel bas et plombé peignait les genêts en vert métallique. Quelques fleurs, d'un jaune éteint, subsistaient encore, transfuges d'un mois de mai tardif. Personne. Il faisait lourd et gras, de cette chaleur qui n'ose pas dire son nom, car ce n'est pas encore l'été. Le vent soufflait par rafales des bouffées de varech et de goémon. L'Océan était comme une nappe de mercure lourdement agitée et ne se brisait en gerbes blanches qu'au contact de rochers déchiquetés et déchirés par des tempêtes jamais vues.

La voiture s'arrêta sur une plate-forme, trente mètres au-dessus de l'eau, regardant de son museau froid et humide la fosse mouvante de l'immense cimetière qui la guettait, plus bas. Ils sortirent, tous, du véhicule et s'assirent au bord du précipice. Le clair matin les fit frissonner malgré la moiteur déjà étonnamment présente. Ils allumèrent chacun une cigarette, sans un mot, et regardèrent, au loin, hypnotisés par la menace potentielle de cette énorme flaque d'eau, au poids incalculable, à la force démesurée, ce grand ancêtre muet.

— Sombre tombeau, dit La Hire.

Il se leva et fit quelques pas sur la lande, le long d'un chemin de douanier. Il gagna une petite butte et scruta les environs désespérément déserts. Il fit un geste en direction des autres, cent mètres plus loin. À l'horizon, la nuit disparaissait définitivement ; l'obscurité pluvieuse abandonnant le monde. Il regarda la voiture. Gilles et Anna en sortaient leurs affaires. Gilles se mit au volant et, laissant la portière ouverte, enclencha la marche arrière.

Il roula ainsi, lentement, sur cinquante mètres, Anna marchant à ses côtés. Puis il s'arrêta, sortit de la boîte à gants une peau de chamois, frotta le volant, le tableau de bord et toutes les poignées. Il donna le chiffon à sa sœur qui fit de même avec les poignées extérieures de la voiture.

En passant près du coffre, elle tapota la tôle :

— Tu paies pour tes ancêtres, pauvre innocent.

Elle rejoignit Gilles qui avait enfilé des gants de cuir noir.

Il la regarda en souriant :

— James Dean !

— Fais attention, répondit la jeune fille en l'embrassant sur la joue. Elle sortit Dunois de la voiture et le garda dans ses bras en s'éloignant de quelques pas.

La portière toujours ouverte, Gilles actionna la première et démarra sur les chapeaux de roue. La terre sablonneuse se creusa sous les roues et la voiture fonça vers le bord de la falaise en rugissant. Au dernier moment, Gilles se rua hors du véhicule en roulant sur le sol. Le crépitement des roues sur le gravier cessa tout à coup et six secondes de silence compact et sifflant tombèrent sur les lieux. La voiture, dans un claquement de métal, dans une gerbe scintillante d'eau fouettée, s'écrasa sur des rochers à moitié immergés.

Quelques goélands crièrent.

La Hire revint en courant de son poste de guet. Il observa pensivement la carcasse, en bas, battue par les flots, et reprit ses affaires. Il s'en alla sur le chemin vide. Les autres suivirent ses pas.

Une alouette démarra des genêts et prit de la hauteur, mitraillant le ciel de ses jacassements hystériques.

TRANSPARENCE/VINGT-DEUX/RAYNAL

L'inspecteur P. Raynal soupira, reprit une gorgée de sa canette de bière, se comprima l'estomac en resserrant ses abdominaux et attendit, là, tuméfié, le rot libérateur. Devant lui un fichier. Des microfiches. Un appareil grossissant. Depuis trois jours. Hallucinant. Avoir les yeux braqués sur des fiches, et les yeux, ça ne suffit pas, il faut savoir celle qui contient, par intuition, recoupement ou évidence, la bonne information, celle qui permettra de coincer une bande de cinglés qui en veulent à la sécurité publique. Il lui restait un bon quart des fiches à trier, étudier, classer, soupeser. Les fiches des RG. Trop gentils, les RG. Elles sont mieux tenues que celles du service… Lui, Raynal, qui était entré dans la Police pour arpenter le trottoir, pour remettre du délinquant dans la voie du social, il devenait spécialiste du dépouillement des données. La fourmi. Tu parles d'une chierie

Les RG, ils notent tout   l'important, le paradoxal et les conneries. Des fois ça marche, il y a le détail qui déconne, mais, souvent… Par exemple, la suivante :

Daniel Pennacchiozzi. Tiens, un Corse. Né le 4/2/47 à Petreto-Bicchisano, Corse du Nord. Marié à Alice Neuhopf, née à Colmar le… blablabla, identité, séjours successifs, dernière adresse… blablabla, signes particuliers… gnagnagna, études, etc. Nice, arrêté dans une rafle après une manif anti-impérialiste, directeur d'une revue anarchiste, voyage deux fois aux Nouvelles-Hébrides, ami d'un coopérant français (fiche az 2882), agitation anti-anglaise anti-condominium, c'est quoi ça ? articles contre la colonisation… blablabla. Le militant un peu affolé. Normal. Devrait faire partie du FLNC pour être en accord avec lui-même, ce con.

Pas le genre de ce que l'on recherche, les bombes et tout ça. Un intello : gueuler comme un âne, OK, mais tirer sur des flics, une autre paire de manches. Pas la peine de la sortir, au suivant.

Michel Krapp, né le 3/2/38 à Pontarlier, marié, bon... blablabla... Agrégé d'histoire. Encore un chie de la tête, c'est pas lui qui va m'expliquer pourquoi le même gugusse tarte l'Ambassadeur British et attaque au Molotov un garage Talbot. Si encore Talbot c'était anglais !

La vache !...

L'Inspecteur Raynal sortit comme une fusée de son bureau, descendit en courant deux étages et pénétra, l'œil hagard, dans la bibliothèque du SRPJ. Madame Lucette Morin, documentaliste et responsable syndicale, le vit entrer, tout violet, dans son antre tranquille et semi-désert. Celui-là, se dit-elle, je ne l'ai encore jamais vu, encore un qui va me demander Vidocq ou Les Misérables. Il faut qu'il se calme, d'abord, ensuite qu'il se décide à avouer qu'il ne connaît pas grand-chose, ah ! ça y est.

— Bonjour. Est-ce que, par hasard, vous auriez une Encyclopédie ?

Je vois, se dit-elle, encore un en pleine crise de culture générale, il a dû se faire coincer par son

chef et il veut vérifier. Elle lui confia la Britan-
nica. Il rigola en regardant le titre.

— Pouvais pas mieux tomber, dit-il.

Raynal choisit un des volumes, s'installa à
une table, lut un moment, avec le doigt, appliqué,
puis referma le large livre en le claquant violemment. Madame Morin sursauta. Il se rua sur elle.

— Je peux me servir de votre téléphone ?

— Je vous en prie, répondit-elle, en pensant,
bon sang mais c'est bien sûr, c'est Maigret. Il
demande à rencontrer expressément le divisionnaire, houlà, il frappe haut, rumine Lucette. Le
patron. Rien que ça. S'il veut l'épater, l'autre
vieux bœuf, il a intérêt à avoir du solide…

RÉEL/VINGT-TROIS/JE-ANNE

l'autre perdu
là, là-haut
dans la confusion du temps
et des siècles
et des siècles
amen
il ne regardait que les adolescents
en se disant
là est le génie

— Monsieur le Divisionnaire…

— Inspecteur Raynal?

— C'est ça. Équipe du Commissaire Dubois.

— Je vous écoute, j'espère que c'est pour le
boulot.

— En effet. Le Commissaire Dubois m'a
chargé, avec deux collègues, du dépouillement
d'un des fichiers des RG, concernant particulièrement des politiques anti-colonialistes, anti-impé-
rialistes. En liaison avec l'Affaire Rimbaud…

— Vous avez trouvé quelque chose?

— Je crois.

— Pourquoi vous ne vous êtes pas adressé à
Dubois?

— Ben… Ce n'est qu'une idée, une idée qui
m'est venue, là, tout de suite. Le Commissaire
Dubois enquête, il n'est pas là. J'ai pensé vous en
parler directement.

— C'est quoi?… Une fiche?

— Non… Pas exactement. Ça m'est venu, en
les consultant. Je crois que j'ai trouvé quelque
chose d'étrange. Une coïncidence étrange, importante, je crois.

— T'accouche!

— Jeanne d'Arc.

— Quoi Jeanne d'Arc?

— Elle voulait bouter les Anglais hors de France.

— Oui. Merci. Je suis au courant, mon vieux !

— Eh bien justement. Rimbaud attaque, à Paris, trois objectifs anglais, des musiciens, l'Ambassadeur et la British Airways. Ensuite, il se déplace à Orléans. Comme Jeanne d'Arc. Là, il attaque un garage Talbot et enlève un dénommé Glassedal.

— Et alors ?

— Alors j'ai eu un doute et j'ai vérifié, Monsieur le Divisionnaire. La garnison anglaise qui tenait Orléans était commandée par deux capitaines anglais Talbot et Glasdale.

— Nom de Dieu !

— C'est beau l'Histoire…

— Je vous dispense de vos commentaires, Raynal !… Ça n'explique pas Rimbaud, mais c'est très bien. C'est une sérieuse piste. À vrai dire, la seule, même. Si c'est vraiment ça, Raynal, vous aurez tapé dans le mille. On s'en souviendra. En attendant, trouvez-moi vos collègues qui travaillent sur les fichiers concernant les groupes Jeanne d'Arc. Dubois m'en a parlé. Y en a un paquet. Mettez-vous sur le coup. Refaites attentivement tout le fichier et comparez avec le signalement. Au boulot ! Si vous apercevez Dubois, envoyez-le-moi.

— Comptez sur moi, Monsieur le Divisionnaire.

Le Quiberon-Paris venait juste de quitter l'embranchement d'Auray. Jusque-là, les rails étaient bordés de calvaires et de vieilles églises de pierre. Dans le wagon Corail, Anna s'assit à côté de La Hire. Dunois regardait avec bonheur un Gilles attentif qui le caressait distraitement. La Hire se laissa bercer par le cheminement chaotique et régulier du train. De temps en temps, il regardait, avec méfiance, les êtres plats qui arpentaient le couloir central. Il se sentait vide et curieusement énervé, comme affamé. L'air climatisé, froid et poussiéreux, sentant la cigarette froide, lui caressait le bord de l'oreille. Il regarda le paysage uniforme, vert, paysan, français. Quelques routes, quelques voitures arrêtées accrochèrent son regard. Il s'imagina courir aussi vite que le train, sautant les haies et franchissant les fossés. Cela lui oblitéra l'esprit un bon moment. Anna s'endormit, la tête appuyée contre son épaule. Il la laissa dans cette position, goûtant cet abandon, qui lui était doux et secret. Longtemps après, il eut une crampe à l'épaule et, quand il ne put plus tenir, il lui prit doucement la tête dans le creux de sa main et changea de position. Anna ouvrit les yeux, se laissa faire.

— Je t'aime, lui dit-elle.

La Hire regarda s'illuminer le paysage.

CHARLES ZBIG

Le Brigadier de Gendarmerie Charles Zbig, de la Brigade de St Pierre de Quiberon, se fit sonner les cloches. Lui, l'habitué de la chasse aux nudistes, connaissant les moindres criques et tous les chemins de la Côte Sauvage de la presqu'île, avait bien fait son boulot, avait vite repéré la carcasse aplatie de la voiture sur les rochers, sous une haute falaise, avait vite fait ce qu'il fallait faire pour tirer la voiture de l'Océan et avait également prévenu le SRPJ de Nantes. Mais il avait laissé passer l'information auprès du correspondant de l'AFP et, maintenant, Matord devait se démener, en haut lieu, pour obtenir l'autorisation de publier la nouvelle et d'y aller, à fond la caisse, sur l'odyssée incompréhensible et anti-anglaise du groupe Rimbaud. Chasseguet gueula mais comme le Brigadier Zbig faisait partie de la gendarmerie, donc de l'armée, ça tomba complètement à l'eau. Quand les militaires peuvent emmerder la flicaille, ils n'hésitent pas longtemps et sautent sur l'occase comme l'herpès sur l'échangiste.

Chasseguet réagit rapidement. La France entière, s'il ne parvenait pas à arrêter les frais, allait avoir de quoi vibrer, de quoi s'inquiéter, de quoi flipper, les ventes de Rimbaud allaient monter, et puis, il y aurait tout un tas d'abonnés à

Historia qui allaient pouvoir faire le même genre de recoupement que Raynal.

Aussi, là, dans l'antichambre du 2e étage de la Place Beauvau, il fallait qu'il obtienne le black-out complet, avec une enquête démente, le coup de Jeanne d'Arc, il ne pouvait pas en parler ou bien alors il se retrouverait à la maison de retraite des Gardiens de la Paix, et puis les résultats faisaient du surplace et les cadavres pleuvaient dru. Il voyait la scène : eh bien oui, Monsieur le Conseiller, une voiture dans l'océan, un cadavre dans le coffre, oui, Jacques Glassedal, ingénieur atomiste, enlevé à Orléans, rapt revendiqué par un groupe qui se réclame de Rimbaud, mais non, Monsieur le Conseiller, je ne me fous pas du monde, non, Monsieur le Conseiller, ce n'est pas de l'espionnage, la DST pourra vous le confirmer, mais alors, qu'est-ce que c'est ? Mais c'est de la poésie, Monsieur le Conseiller, puisque c'est signé Rimbaud, un peu moderne, un peu décapante comme poésie, mais vous savez, Monsieur le Conseiller, l'avant-garde…

RÉEL/VINGT-SEPT
JEAN POTON SIRE DE XAINTRAILLES

Jean Poton avait compris, et cette révélation, qu'il avait eue après son raout à l'Ambassade, l'avait rassuré. Tout avait désormais un sens. Un sens interdit, peut-être, mais un sens tout de même. Tout concordait pour faire, de sa vie présente, la vie rêvée : agir sans raison, faire chier l'État en semant une entropie sans source, sinon celle coulant du cerveau illuminé d'une adolescente en rage totale et définitive. Ce plan, l'absence de plan d'Anna était génial car on ne pouvait en soupçonner la fin. Les flics pouvaient toujours cavaler, trop de logique les perdrait Mais lui, Sire de Xaintrailles, quelle idiotie, lui qui avait du sens pratique, lui qui avait soupesé depuis longtemps les facettes de cette absurde clandestinité, savait qu'il lui faudrait éliminer quelques fautes graves : il avait tiré deux fois, avec la même arne. Le signalement, le sien correspondrait, également. On le recherchait. Ce soir, Pont de la Tournelle, il jetterait le 11/43 dans une Seine verte et glauque, piège rouillant. Il ne fallait plus que cette arme serve. D'autre part, le lien de parenté entre Anna et Gilles. De l'un, on pouvait remonter à l'autre. Problème. Bien qu'il soit impossible de remonter jusqu'à lui, ou La Hire. Tiens, celui-là, il aime vraiment Anna, il se fout du reste, il ne regarde qu'elle, il n'a pas compris ce qu'elle cherche, ce qu'elle va trouver et qui va en faire une des grandes criminelles de l'époque. Le lien génial entre Jeanne et Arthur. Mais il a dû sentir la brèche et sa force réside dans la protection absolue qu'il exerce sur elle. J'ai décidé, bien qu'il m'en coûte, de la lui laisser. Pas avant, peut-être, de lécher son corps. Anna n'est pas tout, mais ce que je protège, c'est ce qu'elle me permet de vivre : elle me donne la raison de ma déraison, je peux me laisser aller à mon grand trou noir. Crever. Un jour. Sûrement. Anna a inventé, malgré elle, les possibilités de ma propre fin. Je ne peux pas me suicider, les autres le font, sous le métro, ou bien le propagaz ouvert, ou bien, sordide lâcheté chimique, avec la velléité barbiturique. Moi, je me suicide à l'absurde. Soit j'en meurs, haché par une mitraillette, soit j'en réchappe et, de ne plus pouvoir revivre telle lumière, je serai mort le restant de mes jours.

Jean Poton, assis à la Brasserie du Lutetia, se força à ne plus se laisser impressionner par le faux vieux décor gerbeux dans lequel il attendait. Ça lui ruinait le moral. Il regarda sa montre. Les autres n'allaient pas tarder, il allait enfin connaître la suite tant attendue de cette folle descente aux Enfers.

RÉEL/VINGT-HUIT/JE-ANNE

le genou brisé
par ces chiens d'Anglais
ma mort
mon Marseille
d'un coup, je suis née au monde
envie de mort violente

qui va en profiter
le monde a pourri le genou d'Arthur
le mien fut anglicisé
dans son écrabouillage
à mort les rosbeefs.

IRRÉEL/VINGT-NEUF/CHASSEGUET-
DUBOIS

— J'ai fait le plus vite possible, Patron. Il a
fallu que je trouve un bouquin sur Jeanne d'Arc.
Raynal m'a mis au courant. Étonnant... Ça
concorde !
— Vas-y. Au moins, je vais apprendre
quelque chose.
— Bon. Le dénommé Talbot commandait, avec
Suffolk et Salisbury, la Place d'Orléans quand
Jeanne d'Arc, avec l'armée du Duc d'Alençon, les
capitaines armagnacs et les troupes royales, atta-
qua les assiégeants. Le fort des Tourelles était
dirigé par un certain William Glasdale, qui répondit aux demandes de reddition en traitant Jeanne de
« putain des Armagnacs ». En retour, elle lui a pré-
dit qu'il mourrait sans saigner. Et il est mort, longtemps après, noyé. Tout ça, au mois de juin ; le 8,
c'est la fuite des Anglais... On est au mois de juin.
— Rien qui puisse faire penser à Rimbaud ?
— Bof...
— Quoi bof ?

— Non, rien… L'âge… Tout le monde a eu dix-huit ans. Il n'y a pas qu'eux.

— Exact. Et après, Jeanne d'Arc, qu'est-ce qu'elle a fait?

— Le 12 juin, les armées de la Pucelle et du Duc d'Alençon reprirent Jargeau, Suffolk y fut fait prisonnier, le 15 ils prirent Meung et le 17, Beaugency. Le 18, c'est la bataille de Patay, la première grande schloppe à laquelle elle participe. Gagnée par elle. Talbot prisonnier.

— C'est Talbot qui commandait les Anglais?

— Oui, avec un certain Falstaff.

— Bon. Urgence. Prévenez la Gendarmerie de faire des barrages routiers dans la région. Mettez le SRPJ d'Orléans sur le coup. Qu'ils tamisent, avec les gardes mobiles, s'il le faut, Jargeau, Meung, Beaugency et Patay. Répandez les signalements que l'on a. Protégez tous les garages Talbot, vérifiez s'il n'y a pas des gens qui se nomment Suffolk ou Falstaff.

— Ah bon, vous y croyez?

— Pas trop. Mais c'est une piste comme une autre. On en est au point où il faut tout prendre en compte. On est sérieusement en retard. Il commence à y avoir trop de viande froide entre eux et nous. Et puis il y a de drôles de coïncidences… Ah oui, j'ai oublié de te dire : un témoignage spontané, un garçon de café qui travaille en face du Mocambo. Le soir de l'explosion, il a vu un grand type avec une cotte de mailles.

— Hein !

— Oui ! On a un signalement.

— Je rêve !

— Eh bien ne rêvez pas trop, les réveils vont être difficiles... Le fichier des associations « Jeanne d'Arc », ça donne quoi ?

— Ce n'est pas fini. Mais rien de bien saignant. Les seuls dangereux sont des fachos, genre rasé du cuir, certains ont déjà manié le manche de pioche, mais rien d'envergure. D'ailleurs... Il y en a marre des fichiers, la Police n'est pas une bibliothèque. Il va bien falloir chercher tous azimuts...

— Continuez quand même, hein, moi je crois aux antécédents.

— Ouais, ouais, on est en train de tout mettre sur les trieuses, on verra bien ce qui en sort. On surveillera les individus posant problème. Mais je n'y crois pas trop, à cette filière.

— On ne te demande pas d'induire, mais de fouiller.

— Je sais, Patron, je sais. Mais je ne peux pas m'empêcher de penser que cette histoire est démente et unique, elle est vécue par des gens déments et uniques. J'ai envoyé Raynal et son équipe fouiller dans les dossiers de l'AP, section grands dingos, les sortis, les évadés et le reste. J'espère que les psys n'ont pas remarqué uniquement les quidams qui se prennent pour Napoléon. Moi, je crois que la piste Jeanne d'Arc est la bonne. Et il va y avoir du sport. Ils font sauter des Anglais pour se faire reconnaître, comme si c'était une guerre qui dure depuis longtemps, et puis ils commencent, méthodiquement, à refaire l'itinéraire de Jeanne, d'une façon névrotique. Maintenant, il faudrait en savoir la cadence, savoir à quels événements ils vont faire allusion. Les petits ou les grands. S'ils s'attaquent à Meung, par exemple, on n'a pas fini, il y a du carton en perspective. Sinon, il y aura Reims, Paris, Compiègne et Rouen.

— Pourquoi? Ils vont se faire cramer, à la fin?

— Pourquoi pas?

— Dubois, va te soigner. Ça sent la vengeance. C'est là où il faut chercher. Et Rimbaud.

TRANSPARENCE/TRENTE/MATORD

C'est venu de haut. Le Cabinet. Interdiction totale de publication. Dommage, c'était super. Rimbaud, c'est génial, il n'y a pas souvent de la castagne aussi structurée que ça, le terrorisme arabo-irlando-politique, les gens en ont marre, le manque d'imagination rend l'horreur plate. Un accident d'avion, c'est zéro s'il n'y a pas de la bidoche accrochée aux arbres. Là, t'es sûr d'avoir du curieux sur les lieux pendant deux mois. Les flics ne veulent pas se rendre compte qu'en publiant la saga Rimbaud, tout un tas de détectives amateurs vont se mettre sur les rangs. Comme en Allemagne. Un jour ou l'autre, on va faire pareil, on va payer les dénonciateurs, ce système a du bon, ça élimine les corbeaux et les malades, il n'y aura que les fouille-merde qui pourront concourir.

Maintenant mon seul boulot est de mettre un journaliste un peu piqué sur le coup, un mec introduit qui fera son enquête personnelle, et hop, on fait un dossier complet sur l'itinéraire des gangsters, de A à Z. Et ça, ça se vend. Cher. Avec une petite commission pour Matord. Sous la table. Y'a pas de raison, tous les hebdos en voudront. Ils le réécriront, en rajoutant du branché pour *Actuel*, les mensuels aussi, en traitant ça social-chic pour le *Nouvel-Obs*, en virant dans l'apocalypse pour le *Figaro-Mag*, et pour *Paris-Match*, le choix des pots, le phoque des motos. Du pain blanc. Je continue à penser que l'Intérieur a tort de faire le black-out sur cette affaire. Ils devraient en passer au contraire un maximum, et, en même temps, en profiter pour augmenter la vignette. Ni vu ni connu.

RÉEL/TRENTE ET UN
LA MARCHE SUR PATAY

Dix heures du soir.
Paris tarde à s'endormir. La douce chaleur de juin est comme une couverture que l'on met sur

le lit de la ville, qu'elle enlève avec les pieds, doucement, en soupirant, et que l'on remet sur elle, comme si l'on avait peur qu'elle prenne froid.

La camionnette Hertz de location stoppe, sans bruit, devant la librairie Chapman and Co. La Hire, en tee-shirt noir et salopette, un bonnet de laine sombre cachant la masse ondulée de sa tignasse, quitte le siège avant, et sort par la portière arrière qu'il maintient ouverte. Gilles, sans un mot, enfile ses gants de cuir. Il vérifie le chargeur du 11/43, le glisse sous sa veste de coutil, ce crétin de Poton voulait le balancer à la flotte, une arme qui avait coûté au moins une brique à Anna. Xaintrailles, au volant, dégage de dessous le siège le Remington à canon scié, bourré de deux cartouches de chevrotine, et le dispose sous lui, calé entre le faux cuir du siège et la toile rêche de son pantalon. Il regarde devant lui : les trottoirs commencent déjà à luire dans la nuit, sans personne pour les maculer d'une sombre présence. Dans le rétroviseur, il peut également voir, en enfilade, l'autre partie du trottoir, faiblement éclairé, comme une photo mal agrandie sur du papier trop dur. Anna, debout au milieu de la camionnette, silhouette blanche indécise, regarde sa montre. Par la portière ouverte, elle observe la librairie, encore éclairée, les livres entassés, luisants, morts. Elle déplace nerveusement quelques cartons et donne le signal à Gilles. Celui-ci sort du véhicule, passe devant La Hire en lui tapotant le dos et entre dans la boutique. Il referme la porte derrière lui.

— C'est fermé ! crie une voix.

Gilles n'écoute pas et vérifie que La Hire, l'ayant suivi, s'est planté, dehors, devant la porte, empêchant tout passage. Il sort son revolver, va au fond de la boutique et le pointe brusquement sur le vendeur, un longiligne à moustaches, cheveux longs, éberlué derrière ses lunettes à monture d'acier.

— Dans l'arrière-boutique ! Vite !

Livide, le baba s'enfourne, en renversant une pile de livres, dans une petite pièce tapissée de rayonnages remplis entièrement de bouquins. Une petite table recouverte de dossiers et de factures. Une chaise, Et des livres partout. Gilles les regarde. Que des livres en anglais.

— T'as pas honte de vendre toute cette merde ?

— Honte de quoi ?

— Assieds-toi là, espèce de bourguignon pas cuit !

Gilles désigne un tabouret près du radiateur, seule présence métallique dans cet amoncellement de cellulose. Il sort de sa poche du fil électrique et attache le vendeur aux tuyaux du chauffage.

La Hire entre alors dans le magasin et, avec l'aide d'Anna, charge une caisse de carton avec des livres pris sur une grande table. Anna les choisit avec soin, puisant également dans les étagères voisines. Elle semble trier. La Hire comprend qu'elle délaisse les livres américains pour ne prendre que des parutions anglaises. Quand la caisse est pleine, elle est ramenée dans la camionnette. Anna cherche les interrupteurs commandant l'éclairage du magasin, les trouve, fait le noir et va, dans l'arrière-boutique, taper sur l'épaule de son frère.

— Tu peux partir vers 23 h 15.

— Compris !

Anna sortit du magasin et Gilles, derrière elle, ferma à clef la porte d'entrée. Il revint s'asseoir face au vendeur ligoté, la bouche obturée d'un blanc sparadrap. Il prit un crayon et une feuille de papier sur le bureau et, calmement, le revolver posé sur ses genoux, il se mit à dessiner la masse fagotée du libraire, devant lui, immobilement sceptique.

— Un saucisson anglais… Du jamais vu.

IRRÉEL/TRENTE-DEUX/CHASSEGUET
(JOURNAL)

… Ça y est, on les a nos tordus. Les fous, ce n'est jamais marrant à courser. C'est dangereux. Ce qui est sûr, par contre, c'est qu'on les rattrape toujours. C'est déjà ça. Mais à quel prix. Seigneur, quand sombre est la prairie, disait Rimbaud. Plus je le lis, plus j'ai le cœur serré, avec la vague impression que j'ai raté ma jeunesse, quelque chose de foutu, de parti, de loupé, de rare, une émotion que le monde m'a pris ou m'a caché. Je n'ai pas vécu. Veit, l'inspecteur qui était dans la voiture quand Coulmes a été abattu, a bien spécifié les paroles étranges de l'arroseur de l'Ambassadeur. Il criait comme un dément, je suis le Sire de Ventrailles, ou de Pointrailles, Veit ne savait plus très bien. On a vérifié, avec Dubois. Poton de Xaintrailles, un capitaine gascon, compagnon de Jeanne. Tout prend corps petit à petit. Étrangement. Comme si une réalité difficile prenait forme peu à peu. Comme si un fantôme perdait de sa transparence. Dubois, lui, il lui faut du solide, de l'épais. Il isole des activistes venant des associations Jeanne d'Arc, il y en a même deux en garde à vue, surtout que nos zozos doivent venir de la Capitale, la voiture retrouvée dans la flotte, à Quiberon, ayant été volée à Paris. Dubois, il fait surveiller en permanence une dizaine de suspects. J'ai eu beau lui dire que les fous adorent se déguiser…

RÉEL/TRENTE-TROIS/LA BATAILLE
DE PATAY

À 22 h 30, la camionnette se gare, dans la rue de Patay, face à la Maison Perrinet, matériel de découpe industrielle, Maison fondée en 1949. Anna regarde sa montre, puis va farfouiller dans une des boîtes entassées à l'arrière. Elle sort un tournevis de la poche de son grand imper. La Hire la regarde régler le gros matériel électrique, il la voit prendre quatre piles rondes et les sertir dans des pattes métalliques. Muet, il pense que, maintenant, elle ne perd pas beaucoup de temps entre chacune de ses «opérations». Cela faisait seulement quatre jours qu'ils étaient revenus de Bretagne, quatre longues journées pendant lesquelles elle avait totalement disparu. Quatre jours suffisants pour qu'elle puisse réunir tout ce matériel, pour qu'elle apprenne à s'en servir. Toute cette mort programmée par un corps aussi frêle.

Inconsciemment, La Hire veut sortir du véhicule, les récits de viande déchiquetée lui reviennent à la mémoire, il a vu les vingt kilos d'explosif au chlorate, du matériel agricole, entassés dans la caisse de biscottes Heudebert. Il ne veut pas sauter là, sans raison, dans ce Bedford de merde. Une camionnette anglaise, qui plus est. Il doit y avoir un rapport.

— C'est où? demande-t-il, nerveux.

— Là, en face, répond Anna, le regardant dans les yeux, sentant sa méfiance, son énervement, son muet questionnement.

Maison Perrinet, lit La Hire, sur la grande porte de fer. Perrinet? Bof, elle a ses raisons, pense-t-il. Ça continue la valse des inconnus au bataillon. Tuer, tuer, boum, boum. Pourquoi? Pour elle, pour elle toute seule. Poton, lui, a l'air de savoir ou de comprendre. Moi, je ne le veux pas. J'aime ce brouillard sanglant. Je l'aime, c'est tout, c'est suffisant. Mais je brûle, il ne faut pas qu'elle me fasse trop attendre. Si je nécrose quelques petites personnes que je croise, qui me croisent, par hasard, qui abandonnent ainsi tout espoir de vie future, c'est pour elle et contre ceux qui sont en guerre avec elle. Les Anglais. Perrinet, c'est un bourguignon. Bon, il est mort. Lui, ou son usine, ou sa baraque, ou ses bureaux. Des bureaux, plutôt, c'est le genre, par ici. Il y a un petit jardin, à côté. D'après Anna, c'est par là que je dois passer. Et ensuite, ouvrir la grande porte en fer, pour que la mort puisse y entrer. Pour que je puisse feutrer mon corps sur celui d'Anna. La vie a de ces missions !

La Hire tremble. Il voit Poton sortir du camion et partir, seul, sur le trottoir, en direction de la rue de Tolbiac. La Hire, à présent, aime bien sa compagnie. Il n'aime plus se retrouver tout seul, une habitude se révèle. De plus, tout devenant opaque, le danger augmente, la maréchaussée doit se faire de petites idées…

La Hire se demande quelle serait sa réaction si les flics apparaissaient, là. Mais chacun a quelque chose à faire, la somme faisant le tout.

Anna s'approche de lui et lui caresse le visage.

— C'est pour moi que tu es là, La Hire.

— Je sais.

— Dans deux jours, on fait l'amour.

La Hire reste transi. Deux jours. Si elle le lui demandait maintenant, il irait attaquer la Tour Eiffel à la scie à métaux.

Une voiture se gare, tous feux éteints, juste devant le mur du jardin, à côté des établissements Perrinet. Poton sort du véhicule, inspecte les environs. Personne. La nuit d'été semble soudain froide, hors de toute présence. Poton revient vers la camionnette et y entre. Ses bottes ferrées raclent le sol métallique. Une voiture passe, et, à la faveur d'un rapide coup de phare, La Hire voit le maigre visage de son compagnon allumé par une noirceur terrible.

— Vas-y, fais attention, dit Anna à voix basse.

Le fusil à pompe à la main, Poton ressort du camion et va s'engouffrer dans la voiture. De l'intérieur, il baisse la vitre avant. Anna sort de dessous son imper beige le P .38 qui paraît énorme dans sa main de poupée.

— S'il y a de la casse, je te couvre avec Poton. Vas-y. Théoriquement, la pince suffira. Il te faut juste ouvrir la porte pour pouvoir entrer. Si jamais tu tombes sur un os, on viendra te chercher. Tu abandonnes tout à la moindre alerte. Sinon, c'est une cambriole de minable, pas plus difficile…

Anna embrasse La Hire sur les lèvres. Impression de rêche. Il a soif, tout à coup. Il prend la grande pince coupante, ouvre la portière, regarde à droite, à gauche, luisances vides de trottoirs déserts, des voitures passent au loin dans une rue transversale. Un feu vert, seul et puissant. La Hire traverse la rue en courant, grimpe, comme un énorme chat, sur la voiture de Poton. Celui-ci regarde ailleurs, absent, la main serrée sur le canon du fusil.

La Hire enjambe le petit mur et saute dans le jardinet, sans même effleurer les arbustes. Des viornes, comme dans les nouvelles de Jean Ray. Il ouvre une grille en fer forgé, qui ne couine même pas, et se retrouve dans la cour de la petite usine. Un camion, mort dans le silence. Des entrepôts, ouverts. Une maison, deux étages, noire et aveugle. À gauche, le grand portail en fer, avec sa barre fixée au sol par un gros cadenas. Avec la pince coupante, La Hire le réduit à l'état d'objet inutile. La grande porte peut s'ouvrir. Il hésite, s'il ouvre, c'est le bordel d'Anna, tout ce qui est prévu. Il pourrait dire que le cadenas était trop costaud…

Il ouvre le portail en grand, laissant le passage à la senteur différente de la rue. Nuit sur nuit. Immobilité calme d'une petite cour d'usine, s'ouvrant sur la tension paranoïaque du dehors.

La camionnette démarre et, sans manœuvre, pénètre dans la petite cour. Anna sort immédiatement du véhicule, prend La Hire par la manche et l'entraîne vers la voiture que Poton fait déjà ronronner. Les phares s'allument et inondent leurs jambes de lumière. Ils s'engouffrent, les portières claquent et la voiture démarre. Ils ne parlent pas.

La Hire est devant.

Rue de Tolbiac, du monde, des véhicules, un café encore ouvert.

— Arrête, dit Anna.

Poton gare la voiture et se retourne. La Hire regarde toujours devant lui. Un couple s'embrasse, sous un porche. Anna sort une boîte d'un sac en cuir. Un talkie-walkie. Elle abaisse la vitre, sans se presser. Toujours muette. Elle déplie l'antenne de son appareil et la passe dehors. Elle pousse la manette sur « ON ».

Une énorme explosion les flashe par l'arrière.

— Mort aux Anglais, dit Anna.

La Hire regarde l'heure. 23 h 15. Le couple, pétrifié, observe, plus bas, la rue de Patay d'où flamboie l'enfer.

TRANSPARENCE/TRENTE-QUATRE
MANGEOT

Explosion. Bombe. Établissements Perrinet. Pas de mort. Tout soufflé dans un rayon de 50 mètres. Un blessé : un voisin aplati dans son lit par l'écroulement du plafond. Rue de Patay.

Rue de Patay… sursauta Maurice Mangeot, de garde à la rédaction de l'AFP. Rue de Patay. Le téléscripteur s'arrêta.

— Tant pis, je réveille Matord, dit-il à haute voix.

23 h 15, constate Gilles. Il éteint la petite lampe, sur le bureau, regarde le type, toujours attaché au radiateur. Gilles sourit :

— Je te laisse, tu ne vas pas tarder à avoir de la visite, mon pote. T'auras pas besoin d'aller chercher la flicaille, elle viendra toute seule. Tu peux leur parler de moi, leur décrire ma grande beauté, ça n'a pas d'importance, je suis un personnage historique. Gilles de Rais... Barbe-Bleue... Les petits garçons sodomisés dans mon grand manoir... T'as eu de la chance, t'es trop vieux !

Gilles sortit du magasin. La nuit était fraîche. Notre-Dame resplendissait, dorée, pas très loin. Gilles fit le signe de la croix, espérant que ce signe inconnu le ferait magiquement sauter dans le temps, au Moyen Âge, là où, avec l'arme qu'il avait dans la poche, il serait le roi.

... D'un point de vue théorique, la situation d'Interspace 3 n'était pas catastrophique, loin de là, hier en fin d'après-midi. Il tournait au-dessus de nos têtes à une altitude voisine de 248 kilomètres, soit sur une orbite très basse mais pas du tout exceptionnelle. Il faut savoir, en effet, que les 42 satellites à générateur nucléaire, dont les 27 lancés depuis 1967 par les Soviétiques, tournent sur des orbites basses, à 250 kilomètres d'altitude environ. Le plus bas, et qui n'est jamais tombé pour autant, Cosmos 367, avait été placé à 247 kilomètres de hauteur. Interspace 3 a été placé par son lanceur, le 30 août dernier, sur une orbite inclinée à 65 degrés, dont l'apogée se situait à 284 kilomètres, soit nettement plus haut que les satellites du même type. Un fait reste, qui alimente les inquiétudes, c'est la perte de 35 kilomètres de hauteur en quelques mois. En fait, la chute d'Interspace 3 dans l'atmosphère ne serait pas en elle-même anormale. Ce satellite, qui est composé de trois parties, doit terminer son existence ainsi. Simplement, il est prévu qu'il se débarrasse auparavant de celui de ses éléments qui contient le réacteur nucléaire en l'injectant sur une orbite haute au moyen d'un propulseur. Hier, en fin d'après-midi, tout était encore possible. Le propulseur qui équipe le satellite devrait être capable, s'il est opérationnel, d'accomplir sa mission tant que le satellite ne sera pas descendu au-dessous de 130 kilomètres.

Mais le suspense ne pourra pas durer indéfiniment. Une orbite quasi circulaire de 250 kilo-

mètres est déjà une orbite très basse. L'attraction
y est importante et le satellite est déjà freiné par
les effluves d'atmosphère...

(dépêche)

Matord jubilait. L'énormité des événements.
Maintenant, le droit de parler, de publier venait de
fait, on ne pouvait plus rien cacher. N'importe
comment, la moitié du treizième arrondissement
était au courant. Beaucoup de curieux, cette nuit,
autour du carnage. Des pages de livres en feu
avaient été projetées par l'explosion sur cinquante
mètres alentour. Plus les pompiers, les flics. Chasseguet faisait la tronche. Réveillé en pleine nuit,
mais pas pour rien, on a compris le branchement à
sa présence. Rimbaud. Dubois prenait des notes. Il
avait l'air de sourire, de vivre une grande aventure
à répétition.

Pas de victime. Heureusement pour le mythe
grandissant.

Matord rédigea lui-même la note d'agence.

Ensuite, il regarda sa montre : 3 h 30 du matin.
Encore cinq heures et il aurait le courrier. Il était
sûr qu'il y aurait une petite lettre, noircie de
caractères Letraset, nommant obstinément un
doux poète du nom de Rimbaud. Il allait dormir

un peu et, au petit matin, il ferait lui-même un papier mettant tout en ordre, événement par événement. Et puis… cette histoire de Jeanne d'Arc ! Les nouvelles vont vite. Raynal, il faudra l'appointer, ça l'attachera encore plus.

Matord voit déjà le titre : «La Pucelle est de retour».

La bonne Lorraine va tenir, à nouveau, le Bon Peuple de France en haleine. À une différence près. Vivement le bûcher.

RÉEL/TRENTE-HUIT/JE-ANNE

l'autre perdu
là-haut
dans son étoile rose
regardait tout
le temps mélangé aux génies adolescents
empêtrés dans leur unique aveuglement
il choisit l'un d'entre eux
l'une, plutôt
et lui parla :
toi, là
oui, TOI !
là
laisse tes moutons !

— Je reviens de chez le Juge. Matord vient de
lui confier la lettre qui revendique le bordel de la
Rue de Patay…

— Les mêmes?

— Ça m'en a tout l'air. Bien sûr. Prouvé. Le
même papier, le Letraset. Plus le double de la
location du camion Hertz.

— Rimbaud?

— Attendez… Tenez:

«Les Joyeuses Commères de Windsor
Syphilitiques, fous, rois, pantins ventriloques
Qu'est-ce que ça peut faire à la Putain Paris,
Vos âmes et vos corps, vos poisons et vos
    loques?
Elle se secouera de vous, hargneux pourris!»

J'ai vérifié, c'est du Rimbaud, une strophe tirée
d'un poème, l'«Orgie parisienne». Mais… Les
Joyeuses Commères de Windsor m'ont donné
plus de mal…

— Ça va. J'ai compris. J'ai lu Shakespeare.
Tous mes cours de formation en anglais étaient
basés sur lui. Les Joyeuses truc-chouettes, là,
c'est la pièce où il y a Falstaff.

— Voilà. La boucle est bouclée.

— Vous oubliez le camion Bedford.

— Oui, je sais, il commandait aussi les Anglais à Patay.

— C'est ça… Heureusement que les Français n'avaient pas un chef qui s'appelait Renault.

— Je ne vois pas le rapport.

— C'est de l'humour… On en a besoin.. Et Perrinet ?

— Un dénommé Perrinet Gressart, Seigneur de Cosne-sur-Loire, a créé des embêtements à Jeanne d'Arc, après le Sacre de Reims. Un bourguignon. Une brute. Elle n'a pas réussi à le battre.

— Tout y est. Les salauds. Ils se mettent à venger l'Histoire… Ça va être duraille de raconter ça aux Perrinet d'aujourd'hui.

— Pas besoin. Matord file tout aux joumaux. Ben ouais… Domaine public.

— Il y a une chose qui me chagrine : Rimbaud, il se mélange les pédales. Il ne suit plus exactement le strict cours des événements vécus par Jeanne d'Arc. L'affaire Perrinet Gressart, c'est loin. C'est après Reims.

— Peut-être qu'ils ne s'arrêtent pas aux événements qui n'ont pas de rapport avec les rosbeefs. Reims, ce n'est pas une bataille.

— Peut-être… Les fous, n'importe comment…

— Maintenant… Je suis un peu d'accord avec vous : c'est sur Rimbaud qu'il faut fouiller, c'est là où est la brèche, la connerie, la folie.

— Et comment ?

— Je ne sais pas. Vérifier si des membres des groupes Jeanne d'Arc sont allés à Djibouti, en Éthiopie, récemment…

— Tu déconnes ou quoi?

— Oui. Non. C'est le brouillard!

— Tu sais très bien que les enquêtes sur les fachos fous de la Pucelle n'ont rien donné! Les signalements ne concordent pas, les alibis sont faciles à vérifier. Les fichiers ne donnent rien, même pas en transparence. Rien. Zéro.

— La Presse va peut-être nous aider, involontairement…

— Tu parles! Demain, on va recevoir douze mille lettres de dégénérés se réclamant de Jeanne d'Arc, de Rimbaud, du Pape et de mon cul. On va encore s'amuser pour faire le tri. On ne peut rien négliger. Tu parles d'un travail à la con.

— Vous devenez grossier.

— J'ai mes raisons!

— Là-haut?

— Ça s'agite. Mais ils nous excusent, quelque part. Ils se rendent compte que ce n'est pas facile. Pas de traces, pas de demande de rançon, pas de chantage. Rien pour les attraper. Néanmoins, ils me donnent un mois pour avoir une piste et trouver. Le temps que les informations couvrent la merde de la Sécurité Sociale.

— Et l'augmentation de la Carte Orange.

— J'ai remis trois nouveaux types sur Jeanne d'Arc et Rimbaud. Ils lisent tout, prennent des notes, vérifient les noms et les adresses de gens portant aujourd'hui les mêmes noms. Ils me communiquent, heure après heure, leurs suppositions...

— Les veinards, ils vont en apprendre, des choses !

— On va avoir des flics cultivés, c'est un monde.

RÉEL/QUARANTE/GILLES DE RAIS

Gilles grimpait la Rue des Martyrs. Il connaissait bien le chemin et la simple reconnaissance des lieux lui donnait la chair de poule. Un plaisir d'avance. Le juste repos. La sensation d'être autre et d'être aimé. Jean-Louis. Dix-huit ans. En paraît quinze. Deux ans qu'ils s'étreignaient dans la petite pièce aux murs vieux rose, avec ce kilim qui n'en finissait plus de géométrie, ce tapis dans lequel les yeux de Gilles se perdaient, se noyaient quand les douces joues de son amant glissaient sur sa peau. Deux ans qu'ils étaient étonnés et joyeux de se retrouver, une fois par semaine, quelquefois deux, pour aller au cinéma, pour aller musarder dans un restaurant exotique et pour revenir dans la petite malle rose où ils s'imbriquaient, serrés, pour oublier l'inverse dehors.

Gilles savait tout de Jean-Louis et, pourtant, ne connaissait rien de lui. Tout le reste : le deal, la défonce, il ne voulait pas s'en mêler. Sans doute, Jean-Louis michetonnait. Gilles s'était souvent demandé combien, pour un gramme de poudre, de sexes Jean-Louis devait embrasser, curieuse bourse aux échanges incertains. Loin de toute envie, de toute jalousie. Gilles ne tenait qu'à une chose : quand ils se retrouvaient, tout devait redémarrer au même point qu'à la seconde où ils s'étaient quittés. Tout devait redevenir passion, amour fou, tendresse, un petit frère qu'absurdement l'on recouvre, un joli frangin qui vous fait, œil dans œil, un baiser papillon.

À partir de la boutique verte, Gilles compta les portes d'entrée d'immeuble, tout en sachant que c'était la cinquième, et qu'il y allait avoir une petite cour humide et un escalier de bois, le troisième étage et les deux pièces, une bleue, une rose.

Il sonna à la porte, guettant la voix enjouée, de l'autre côté du bois épais. Il ouvrirait et ils s'embrasseraient respectueusement. Mais rien.

Gilles resonna, inquiet. L'heure était habituelle. Jean-Louis avait dû sortir. Pourtant, les mercredis, à cette heure-là…

Dépité, il allait s'en aller quand une voix, hallucinée par la peur, demanda, à travers la porte, qui c'était.

— Comment ça, qui c'est ?… C'est moi !
— Je ne veux pas te voir.
— Jean-Louis, ouvre !

— Non… Euh… Je te téléphonerai…

— Jean-Louis, ouvre ! cria Gilles.

— Je… Je… je ne suis pas seul… Je te téléphonerai…

Gilles ne répondit pas et réfléchit un moment, silencieux. Puis il prononça un faible au revoir, s'adressant au fantôme tendu derrière la porte. Et, tapant des semelles, il descendit l'escalier jusqu'au rez-de-chaussée. Immédiatement, il remonta sans faire de bruit et colla son oreille contre la porte. Au bout de longues minutes, il entendit des gémisse-ments, des pleurs. Énervé, Gilles frappa violem-ment le bois de la porte du plat de la main.

— Jean-Louis ! Ouvre ou j'enfonce la porte !…
Je te donne une minute. Je veux te voir !

Il entendit un frôlement, dans le couloir. Au bout de vingt secondes, le verrou claqua. Gilles poussa doucement la porte. La minuterie de l'escalier s'éteignit mais Gilles put apercevoir, éclairé faiblement, apparition expressionniste, le visage tuméfié de Jean-Louis et, masse blanche rouge énorme traumatisante, le pansement san-glant barrant sa joue.

IRRÉEL/QUARANTE ET UN/CHASSEGUET
(JOURNAL)

… Dans le salon, ce soir, il y a comme une odeur de papier journal mouillé, une odeur d'aisselle. Je voudrais bien penser à moi, écrire sur moi, comme un Malcolm Lowry de bazar. Je suis plutôt en dessous du volcan. Je ne pense qu'à elle. Jeanne. Nous savons que la fille est jeune, jolie, et qu'elle mène la barque. C'est sûr. Dubois a long-temps titillé le libraire, il n'a pas vu grand-chose, mais quand même suffisamment. Un des mecs se nomme Gilles de Rais, jeune, marrant, celui de l'aéroport, le signalement correspond. Pas brutal, mais dangereux, d'après le libraire. Lui, il est trauma. Gilles de Rais était un des compagnons de Jeanne d'Arc, avant de s'enfermer dans son château et faire des merguez avec les petits enfants de la région.

Ça devient dément. Ils n'avaient pas d'armure, mais c'est tout comme, tout prend de l'épaisseur. Ils existent. On les a vus. De jeunes fous. Organi-sés. Riches. Ils louent des camions, ont de faux papiers, des explosifs, des armes. Dubois a cru un moment que le libraire pouvait, lui, trouver le lien avec Rimbaud. Zéro. Ça dépasse l'intellect moyen. C'est du domaine de la poésie pure. Quand j'ai émis cette idée, Dubois a failli appeler le SAMU, pour me mettre à l'ombre.

Je sens ma vieillesse s'enfoncer, s'effacer sous un sourire naissant. Cela paraît imbécile de le dire comme ça, mais je le ressens, je perds ma fliqui-tude. Celle-ci s'enfuit dans un grand dégoût, dans un grand absurde.

Il y a deux manières de mettre la main dessus.

Et après, qu'est-ce qu'on en fera? La camisole chimique? Un: ils font une erreur et on en profite. C'est possible, c'est même prévisible, mais ça nous force à attendre. Deux: jouer le jeu. Repérer plus précisément l'itinéraire de Jeanne. Quand j'écris ce prénom, je sens comme une rondeur, une mollesse.

Reims, Paris, Rouen, Compiègne, je ne sais pas. Étudier, patrouiller, vérifier, opérations coup de poing, plans de coupes, surveillance des gares, des routes, épluchage des bottins, la taupe… Tout ce qui énerve les gens. Tout ce qui fait du flic un monstre. Voir qu'il n'y a pas un dénommé Cauchon, à Rouen, et ne plus le lâcher, le coller à fond. Prendre un psychiatre, lui parler de tout cela, et voir un peu ce qui en sort. Côté viande verte. Celle des cerveaux malades. Et puis chercher des correspondances. Ça y est, je suis le Baudelaire de la maison poulaga. Savoir à quoi va correspondre le Sacre de Reims. S'ils refont Jeanne d'Arc, ils ne peuvent pas laisser ça de côté. Ils vont peut-être se faire tout simplement une sacrée bouffe, et ils la feront à Reims. Savoir s'il y a des gens qui se nomment Darc, ou d'Arc, à Paris. Il y a Mireille. Bien sûr.

RÉEL/QUARANTE-DEUX/JE-ANNE

l'autre perdu
là-haut

allumé par la sécurité que peut donner
la vie déjà vécue
et consommée dans le céleste
a poursuivi :
lâche tes moutons
vis !
fais quelque chose
que personne n'attend
tu prendras une épaisseur
mythique
Allô ? Jeanne d'Arc ? Ici Rimbaud !

RÉEL/QUARANTE-TROIS/GILLES DE RAIS

Gilles avait bien soupçonné qu'un volant
comme Jean-Louis pouvait être maqué, peut-être
devait l'être. Mais depuis onze mois, rien ne l'avait
laissé paraître. Aucun signe, aucune allusion et,
malgré ses craintes, le manque d'apparence avait
calmé la teneur informe de ses appréhensions.

Ils s'aimaient, un autre n'avait rien à voir là-
dedans, pas de fric à ramasser.

Mais de voir la blessure de Jean-Louis lui avait
instantanément rafraîchi la mémoire. C'était un
avertissement. L'amour qu'il portait au jeune
homme, cette passion réciproque était, dans ce
monde interlope, un manque à gagner. Jean-Louis
avait dû longtemps lutter, avait dû longtemps pro-
tester, mais sa gueule démontée constituait le pre-

mier rappel sauvage. Le second serait nettement plus tranchant.

Depuis quinze jours, la présence du danger, l'action absurde avait changé Gilles. Il se sentait plus fort, plus brutal et plus résolu. Plus les jours s'écoulaient, moins il avait de chances de revenir dans une normalité chaude et douillette. Il n'eut aucun mal à faire parler Jean-Louis.

Ils étaient tous les deux boulevard des Batignolles, dans un café. En face, de l'autre côté du double flot de voitures, un autre café. Celui où venait Marco, quatre heures par jour. Un café où il lisait le journal, mangeait, trafiquait et refaisait le monde. Il en sortait pour repartir vers la Place Clichy pour faire les comptes de son commerce de chair mâle.

— Tu l'as aimé ? demanda Gilles.

— Je ne sais pas. Il a été mon beau-père, il y a dix ans. Il m'a aidé à assumer la différence que je ressentais vaguement. Ça m'a impressionné qu'il me fasse bien sentir que cela me mettait dans la marge. Plus de travail, peu de vie sociale. Restait le fric facile à gagner avec d'autres perdus, comme moi. J'ai eu presque la sensation de rendre service, souvent...

Jean-Louis parlait à voix basse, sans bouger la tête, à cause de cette migraine tenace qui lui aplatissait le crâne. Son arcade sourcilière bousillée ne le faisait plus souffrir, mais le fond d'œil était toujours douloureux et il avait un goût de fer dans la bouche. Par instants, il tremblait et Gilles le regardait avec inquiétude, réalisant que son ami était au bord de la déchirure, ayant, depuis dix ans, trop pris sur lui, se taisant face à l'hétéro, face au racket, face à la violence sexuelle des clients, face à tous ces sexes malades, sales et impuissants, quelquefois triomphants et émouvants, qu'il devait affronter pour sa survie. Gilles se rendait compte, en buvant lentement son café, en regardant ailleurs, en fixant, sans les voir, les rangées de bouteilles disposées devant lui, qu'il était, lui, un calmant, depuis un an, un remède d'amour, un tampon légèrement ouaté. Qui ne suffisait plus.

— Bon, j'y vais, dit Jean-Louis.

Il sortit du café et traversa le boulevard en louvoyant entre les masses filantes et grises des voitures en pleine course. Gilles paya les consommations et sortit lui aussi. Vingt mètres plus loin, il se planta devant un magasin de disques. Dans la vitrine, l'image reflétée du café où venait de pénétrer Jean-Louis. Gilles alluma une cigarette. Patience. En cherchant son briquet, la présence rassurante du 11/43, sous la veste bleue. Il attendit trois minutes à peine. Il vit Jean-Louis et Marco sortir. Marco. Une quarantaine d'années. Un chapeau de cuir et un long imperméable. Assez grand.

Gilles repartit en sens inverse, marcha un moment au bord du trottoir et traversa le boulevard, en jonglant avec les véhicules klaxonnant. Sans se presser. Il se retrouva à vingt mètres d'eux, derrière. Jean-Louis avait la tête baissée. Ses épaules resserrées montraient à celui qui voulait bien le remarquer sa tension extrême. Marco lui parlait avec de grands gestes. Ils avaient pris le boulevard de Courcelles, comme convenu. Jean-Louis devait fournir un sujet épineux de conversation suffisamment conséquent pour tenir jusqu'au Parc Monceau, quitte à montrer à l'autre un nouvel endroit pour tapiner. Gilles suivait, flairant l'angoisse montante de son amant qui laissait derrière lui une odeur âcre, une fragrance de peur, de haine, de saleté. Les voitures passaient avec fracas, les bruits devenant amplifiés par le seul regard que posait Gilles sur le couple marchant devant lui. De ne pas voir les objets, en amplifie le son.

Jean-Louis gesticulait de plus en plus, nerveux, à bout, et, de dos, il apparaissait bien clair qu'il ne supportait plus la présence du mac à ses côtés. Ils obliquèrent dans le parc. Peu de monde, remarqua Gilles, tant mieux. Jean-Louis injuria Marco, le giflant à la volée et s'enfuyant dans un petit chemin, entre les bosquets fournis. Le mac se lança à sa poursuite. Jean-Louis s'arrêta tout à coup et fit volte-face, regardant son ennemi. Son ami ? Gilles déboucha juste derrière et, ne voyant personne, sortit son revolver. Marco sentit immédiatement sa présence, le danger, et se retourna, sidéré :

— Je vois, dit-il.

— Pas de panique, dit Gilles. Une simple réparation. Jean-Louis va te faire la même chose. L'amour doit être égalitaire.

— Si vous me touchez, c'est la mort sous peu, s'énerva Marco en pâlissant.

— On sera peut-être morts, mais toi t'auras la gueule défoncée pour un bon moment. Allez ! Tourne-toi !

Marco se retourna vers Jean-Louis qui s'était enfilé sur la main droite un coup de poing américain. Marco le regarda, puis cligna des yeux et fixa, inerte et dangereux, son miché. Jean-Louis leva le poing à la hauteur du visage de l'autre. Il suait et tremblait. Il lui balança le coup de poing dans l'estomac, de toutes ses forces. Marco gémit sourdement, se tordit en deux et se coucha par terre.

— Je ne peux pas ! dit Jean-Louis en reniflant, se mettant à pleurer à chaudes larmes. Je ne sais pas, je ne veux pas entendre craquer ! Fais-le, toi !

Il tendit le coup de poing à Gilles et se saisit du revolver.

— Pas de conneries ! cria Gilles. Pas de conneries, Jean-Louis !

— Non, non, rugit celui-ci.

Marco était face contre terre. Son imper s'était, dans sa chute, relevé et ses fesses rebondies, tendues dans le pantalon de laine bleue, semblaient immobiles. Jean-Louis repoussa violemment Gilles qui tomba à la renverse, son pied se prenant dans une bordure en fer. Jean-Louis s'approcha rapidement de Marco, lui appliqua le canon de l'arme entre les fesses et tira. Gilles eut l'impression subite de rêver. Marco hurla.

— Jean-Louis ! T'es fou ! cria Gilles.

Mais le jeune homme réappuya le canon sur le dos du mac et tira encore une fois. Marco ne bougea plus.

— Jean-Louis ! marmonna Gilles, le cœur retourné, tout devenant blanc.

Jean-Louis retourna l'arme contre lui, ouvrit la bouche et serra le canon entre ses dents. Il ne regarda même pas Gilles. Il appuya sur la détente.

Gilles sortit en courant du Parc Monceau par l'avenue Hoche. Son cœur sécha, ses nerfs se calmèrent quand il comprit, vite, que Jean-Louis avait tué par amour déçu. Lui n'était pas en cause. Seule, sa propre arme avait servi. Il fallait avertir Anna. Le plus vite possible. Gare de l'Est.

RÉEL/QUARANTE-QUATRE
LA MARCHE SUR REIMS

— T'as jeté l'arme ? demanda Poton.

— C'est la première chose que j'ai faite. Dis-moi… J'en parle à Anna ?

110

— Non. Il y a peu de chances que les flics fassent le rapport. Chez ton mec, il n'y a rien qui puisse te désigner.

— Non, répondit Gilles... Et puis même. Si jamais ils m'interrogent, je ne serai qu'un client parmi d'autres...

— Ouais. En tout cas, c'est une couille. Légère, mais c'en est une. Faudra faire gaffe.

— Tiens, les voilà !

Dans le grand hall vitré de la Gare de l'Est, Anna arrivait, en claudiquant, sa petite frimousse fermée et pâle, comme toujours. Poton eut subitement le cœur serré. Il savait pourquoi elle les emmenait à Reims. Elle s'approcha de son frère, le regardant par en dessous. Elle lui posa la main sur l'épaule et lui donna une enveloppe.

— Gilles... Tu ne viens pas avec nous. Tu as quelque chose à faire. C'est écrit là-dedans. Il y a la date et le lieu du prochain rendez-vous. Je t'aime, frangin...

Gilles la regarda, dépité. Partir de Paris, oublier la trace de Jean-Louis, chasser de sa rétine le vert taché de rouge du Parc Monceau, se laver de son erreur, se replonger dans ces sauteries absurdes, taper sur de l'Anglais, défoncer du British, bouffer du Bif.

Il vit du coin de l'œil La Hire le regarder en souriant. Ce grand manche. Pas son genre. Mais il veillerait efficacement sur sa petite sœur. Pourtant, elle est assez grande pour se démerder toute seule, cette folle. C'est la première fois qu'elle me lâche, pensa-t-il. Elle a toujours eu besoin de moi. Elle a peut-être trouvé mieux. Non... ce n'est pas ça... C'est le Sacre. Gilles leva les yeux. Le soir tombait de l'autre côté de l'immense marquise. Ce soir, il zonerait dans Paris, boirait beaucoup, se trouverait un peu de coke, irait foutre le feu à quelque chose, pour se calmer dans le spectacle du feu brûlant l'autre, le double, l'ennemi incompréhensible.

— T'en fais pas, lui dit Anna. Dans un mois, on est au Brésil. On se refera une vie. On se refera une énergie.

— Le Brésil, gémit Gilles, le Brésil ! C'est un pays de fous !

— On y sera sage...

Anna l'embrassa sur la joue.

Gilles les regarda s'éloigner sur le quai. Puis il tourna le dos et s'éloigna. Un type le bouscula involontairement. Gilles le regarda simplement de ses yeux morts, sans autre expression que le vide, un vide plein, haineux, sans raison. L'autre partit très vite en s'excusant.

Gilles s'arrêta dans une brasserie. Anonyme. Prendre une omelette, goût ferreux sur un comptoir de zinc piqué. Odeur de chiottes. Boire le demi en regardant le garçon aux mains violettes laver les tasses à café. S'éveiller tout à coup aux crépitements du flipper. Puis ouvrir la lettre d'Anna. Pourquoi cette lettre ?

Le papier crissa sous ses doigts et lâcha une feuille recouverte de la petite écriture verte et nerveuse :

« Gilles, frangin,

À Reims, je vais me donner aux deux garçons qui me (nous) suivent depuis le départ du carnage. Je dois, je pense, passer par là, mais je crois aussi que j'en ai envie. Tu es, malgré tout, le seul que j'aime, puisque tu es mon sang. Et je sais que mon corps ne t'illumine pas. Tu m'as protégée longtemps et tu continueras.

Je me suis sauvée de moi-même en entamant avec vous toute cette satanée course. C'est fini, je craque. J'en ai assez, c'est bête, c'est creux, je ne suis ni Jeanne, ni Arthur, mais j'aurai essayé à la différence de tous ces morses adipeux et dentus qui nous entourent.

Après Reims, nous partirons. Toi et moi, peut-être un des autres si sa tendresse me fait oublier ma jambe. Mais, dans peu de temps, je serai vieille, qui plus est, boiteuse. Pour toi, j'ai des chances de rester ta sœur.

Aussi, tu vas aller à la maison, brûler tout ce que tu trouveras qui puisse nous désigner. Il y a un pistolet, sous le lit. Il est pour toi. Le reste, tu y fous le feu. Prends des affaires à toi, mais peu. Les miennes sont déjà en consigne, à Roissy. Tu m'y attendras samedi 15 heures. Nous partons vers les palmiers. J'ai tout prévu. Détruis pour revivre et pardonne-moi. Je t'embrasse.

Anne

PS : Laisse Dunois dans l'escalier, quelqu'un s'occupera de lui. Il y a une valise noire dans le placard de la salle de bains. Prends-la et va la remettre à Maxime Baynac, 22 rue de l'Église à Pontoise. C'est pour le cas où. Je compte sur toi. Fais ça en premier.

Gilles sourit et rangea la lettre dans sa poche arrière. Ça repartait. Il n'en attendait pas moins de sa sœur. Changement de programme. C'est bien. Faut pas s'encroûter. C'est dans le mouvement qu'on fait les meilleures courses. Rien n'est aussi grand que l'indécision.

Il but sa bière qui lui parut s'être rafraîchie, paya, sortit de la brasserie, se prit le bruit de la rue comme une gifle : la lettre et la parole de sa sœur lui avaient construit une bulle de silence dans la tête.

Il reprit le métro. Il avait du boulot pour le soir. La baraque et Pontoise. Gare du Nord.

— Me faire venir à 11 heures du soir, doit y avoir du nouveau.

— Ouais, un truc étrange...

— Alors ?

— Vers 14 heures, au Parc Monceau, deux homos se sont trucidés. Meurtre plus suicide. Un carnage, balles dans le trou du cul, cervelle partout, etc.

— Je vous en prie...

— Au 11/43.

— C'est pas une arme de tante, ça.

— C'est bien ce qu'on a pensé. On a fait dare-dare une expertise balistique. J'ai bloqué le labo et j'ai pas eu tort. On n'a pas perdu notre temps. Les balles qui ont ramoné les pédés ont été tirées par la même arme que celle qui a fracassé le genou du mécano Talbot et que celle qui a tué Coulmes...

— Ça y est, enfin !... Mais c'est un suicide... alors ?

— On n'a pas retrouvé l'arme. C'est notre chance. Même si la piste risque de s'arrêter très vite, on met le paquet. Tout le monde est sur le coup. Identité des deux mecs, recherche du lieu d'habitation, enfin tout le toutim...

— Et alors ?

— Alors, j'attends… Et tu vas attendre avec moi. Tu ne vas pas dormir de sitôt, mon lapin.

— Vous non plus !

— C'est mon boulot.

DIEU/QUARANTE-SIX

… Le satellite fou tombera deux fois : l'élément principal d'Interspace 3 entrera dans les couches denses de l'atmosphère deux ou trois jours avant le cœur radioactif lui-même. On connaît maintenant mieux la configuration de ce compartiment de l'engin et le déroulement probable de sa rentrée dans l'atmosphère. L'opération consistant à le repropulser très haut n'ayant, officiellement à présent, pas réussi. Le système de sécurité qui équipe le réacteur devrait le faire s'ouvrir comme un tonneau que l'on décercle lors de sa rentrée dans l'atmosphère. De cette façon, les petits lingots d'uranium enrichi et de produits de fusion qui se trouvent à l'intérieur devraient être dispersés. Ces petits lingots, si tout se passe bien, se vaporiseront sous l'effet du frottement de l'air. De cette façon, le combustible devrait être brûlé et réparti sur toute une orbite, et on ne devrait enregistrer nulle part d'augmentation significative de la radioactivité naturelle. Mais, pour que tout cela marche, il faut, bien sûr, que la télécommande de destruction fonctionne correctement…

(dépêche)

RÉEL/QUARANTE-SEPT
LA MARCHE SUR REIMS

Ils descendirent du train, un peu hébétés. La Hire n'osait qu'à peine marcher, comme si le contact du sol allait le briser, comme s'il ne voulait pas peser sur du verre fin. Xaintrailles, sombre, voyait se rapprocher le moment où sa passion somme toute assez éthérée allait devoir affronter une matérialité encombrante.

Anna les avait pris tous les deux par le bras, La Hire prenant le lourd sac à la main. Elle avait mis ses habits de cuir léger et fin, son corsage de lin blanc. Ses cheveux étaient sagement noués en tresses lâches. Ses yeux roses brillaient. Sa peau était devenue blanche, translucide, comme celle des femmes en attente d'enfant. Une immense affirmation de soi lui faisait une démarche dansante, sa claudication naturelle s'effaçant dans le balancement doux et serein de ses hanches.

La Hire le sentait : elle pesait lourd à son bras. Il est faux de penser que l'amour rend léger, c'est le contraire, le poids des choses terrestres se fait sentir, le corps sera lourd à retourner.

Poton, lui, ne pensait qu'à lui et guettait les

moindres ratés de sa propre allure, comme pour vérifier si tout allait bien, si tout marchait bien, si tout était prêt. Ils prirent un taxi, devant la gare.

— À l'Hôtel Charles V, demanda Anna.

IRRÉEL/QUARANTE-HUIT
CHASSEGUET

Les thanatopracteurs, il paraît que c'est ça le mot, avaient bien fait leur boulot. Le petit pédé reposait, nu sur un drap blanc, l'arrière arraché de sa boîte crânienne caché par le moelleux d'un oreiller.

Ma foi assez douteux, pensa Chasseguet, Commissaire en exercice, de service à minuit et demi, à la morgue, pardon, à l'Institut Médico-Légal.

L'autre macchabée était allongé sur la table voisine, recouvert, à partir de la taille, lui aussi, par un drap blanc. N'importe comment, Chasseguet n'aurait pas apprécié le spectacle. Il était déjà assez nerveux comme cela.

Le jeune, yeux ouverts, regardait un plafond lointain et improbable. Tant de repos détonnait après tant de fureur. Les deux corps paisibles, ces deux morceaux de viande inanimée, s'étaient truffés, il n'y avait pas si longtemps que ça, de coups de revolver.

Le cul et la tête, les deux endroits maudits, tout vient de là, c'est là que ça se passe, pensa Chasseguet.

118

Il attendait une deuxième fournée. C'était le branle-bas de combat, des opérations coup de poing bénies par les autorités, le genre je te prends, je t'embarque et on va passer un bon moment tous les deux. Les journalistes n'étaient pas loin, dehors, dans le square, entre Seine et métro. Les brigades de l'anti-gang, au grand complet, faisaient les quartiers chauds et ramassaient, un par un, les prostitués mâles de la capitale. Et, quelquefois, quand ils portaient les marques de l'habitude, ennui et tranquillité, les clients. Dix par dix, on les isolait dans un coin, on leur racontait que c'était pour la bonne cause, que le tueur de pédés sévissait dans l'ombre et qu'on comptait sur leur collaboration pour qu'il cesse définitivement de sodomiser à la balle dum-dum. Pour cela, il fallait, vite, reconnaître deux corps. Et en avant, direction la morgue, et défilé devant les cadavres.

La première fournée n'avait rien donné. Chasseguet avait été étonné par le manque de signes extérieurs émanant de ces jeunes hommes. Pas de folles, pas d'excités. Des garçons pâles, respectueux, sérieux, trouillards. Cela devait dépendre du quartier où ils avaient été ramassés. Chasseguet les avait laissés immédiatement partir. Il ne pouvait pas mentir. Il était impossible de les cuisiner un par un. Il comptait sur l'effet de choc, peut-être sur un amour frappé par la mort. Mais il était étonné de voir tant de respect sur les visages de ces jeunes paumés, respect face à la mort éventuelle, peut-être attendue, de chacun d'eux. La deuxième fournée arriva.

Ils étaient une vingtaine. Des flics en uniforme les conduisirent dans la petite salle éclairée au néon et, un par un, ils défilèrent. Chasseguet, mordillant sa pipe, les étudia.

Le cinquième reconnut le cadavre du plus âgé. Chasseguet le fit mettre de côté. Les autres passèrent, sans résultat. Chasseguet se retourna vers un jeune homme, un minet, un peu rougeaud qui laissait, comme à regret traîner ses yeux par terre, hésitant à regarder les nudités froides exposées devant lui.

— Alors ? demanda Chasseguet.

— Celui-là, dit le jeune homme, désignant le corps à moitié recouvert d'un drap. Il avait une voix de miel.

— Alors ? redemanda le flic.

— C'est un protecteur, Marco Delfini.

— Quel coin ?

— Clichy.

— Clichy ?

— Place de Clichy. Pigalle, aussi, mais peu.

— OK. Merci. Tu peux tracer.

— Merci, monsieur le Commissaire.

Chasseguet décrocha le combiné du téléphone posé sur une table de céramique blanche. Une paire de ciseaux rouillés traînait à côté. Il frissonna.

— Dubois ?... Oui... Les recherches vont se

faire du côté Pigalle-Place de Clichy. Ramassez tout. Abandonnez le reste. Moi je continue, le vieux a été reconnu, un certain Marco Delfini. Demandez… Oui, un mac… Bof, trente-cinq quarante ans. Allez…

Il raccrocha.

Nerveux, Chasseguet.

Il avait froid aux os.

RÉEL/QUARANTE-NEUF/LA CATHÉDRALE

Anna avait réservé trois chambres. Une pour chacun. La Hire et Poton n'osaient pas se regarder.

L'hôtel luxueux les vit grimper sans bruit des marches moquettées et arpenter sourdement des tapis épais comme des chairs. Anna demanda les clefs au groom, le congédia, et ouvrit une des chambres. Elle demanda à ses deux compagnons d'entrer, leur donna à chacun une clef.

Les deux garçons se taisaient, n'osant prononcer aucune parole, la regardant seulement.

Anna posa son sac sur le grand lit recouvert de rouge.

— Le lit est pour moi, pour moi uniquement, dit-elle de sa voix voilée, comme un feulement. Cette nuit est à vous. À tour de rôle. Je n'ai pas les nerfs pour affronter vos corps en même temps. J'ai trop de tendresse à vous donner, à vous deux.

Je ne peux la partager. Je ne peux que la répéter. À vous de définir comment…

La Hire sentit immédiatement Poton se crisper. Il ne voulut pas interpréter. Lui-même, soulagé de ne pas avoir à montrer à un autre l'immense énergie qu'il avait en lui et envers Anna, se demanda comment pourrait se faire le choix demandé. Aucune jalousie ne lui obscurcissait le cœur, au contraire, tout à coup une paix l'envahissait en pensant à Poton, car Anna leur disait, à tous les deux : vous êtes pareils, puisque vous méritez la même chose.

Xaintrailles sentit la fièvre. Il se demanda un instant s'il n'allait pas crier devant tant de force accumulée, contenue, et si simplement énoncée. Ses jambes tremblèrent. Il se décida très vite.

— Je sors. Je vais voir la Cathédrale. Je reviendrai vers deux, trois heures…

— C'est bien, dit Anna.

La Hire et Poton arpentèrent le couloir de l'hôtel. Ils se regardèrent et s'embrassèrent. La main de La Hire se perdit dans les cheveux de son ami, sur la nuque.

Poton partit le long des murs beiges. Il lui sembla sentir les tapis crisser, hurler, rouler sous lui.

Il n'aurait pas cru que ce serait ce genre-là. Un homme très bien habillé, d'une quarantaine d'années, soigné, fin, grand, la moustache blonde et discrète. Chasseguet l'avait observé avec stupéfaction quand le type, regardant le jeune corps nu et froid, s'était mis à pleurer convulsivement.

— Vous le connaissez, constata Chasseguet.

— Jean-Louis Carhaix, marmonna l'homme.

— Un ami?

— Une connaissance, monsieur le Commissaire.

Il ravala ses larmes et reprit instantanément sa dignité de cadre moyen. Il parla d'une voix tranchée et anonyme.

— C'est lui qui a tué ou le contraire?

— On ne sait pas trop. Apparemment un suicide, mais je n'y crois pas trop, répondit le Commissaire, décidant de jouer franc-jeu. Vous savez où il habitait?

— Ce n'est pas une entourloupe?

— Non.

— 79 rue des Martyrs.

— Il habitait seul?

— L'appartement était à lui.

— Je vois... Je vous remercie, vous pouvez partir, je vous fais confiance. Je n'ai pas de conseils à vous donner, mais...

— Je vous en prie, monsieur le Commissaire, à mon âge, c'est un choix que j'ai fait en connaissance de cause.

Chasseguet hocha la tête et l'observa s'éloigner. Un jour ou l'autre, il faudrait le reconvoquer et il aurait du mal à le regarder en face.

Il téléphona à Dubois, lui donna rendez-vous rue des Martyrs, en lui conseillant de faire en sorte que le ramassage cessât illico.

Il sortit lui aussi de l'Institut, traversa le square grisâtre et déboucha sur le boulevard, sans aucun regard pour les reporters transis qui le prirent pour un suspect relâché. Il fixa Paris. Des clochards gisaient sur une grille chaude du métro, viande sale, merguez douteuse sur un gril inattendu. Il marcha le long du quai et regagna, plus bas, sa voiture au parking, désespéré par l'heure, par le nuage bleuté des gaz d'échappement, par le dernier métro qui passe, par le flic endormi au volant de la R 16, par la radio allumée, par Europe 1, par les cons qui parlent aux cons.

RÉEL/CINQUANTE ET UN/GILLES DE RAIS

Pontoise alignait ses allures post-médiévales sous une nuit profonde. Des rangées de luminaires serpentaient dans les montées vers le centre. En bas, la grande place où quelques voitures passaient rasant les péniches dorées par l'éclairage au sodium, semblait être une auto-route déserte.

Gilles avait, devant lui, une bonne heure, avant d'attraper le dernier train. À la gare, un plan communal lui avait donné le chemin de la rue de l'Église.

En marchant, il lut des panneaux où étaient inscrits les noms étranges de Préfecture, de Gendarmerie, de Lycée de garçons, de Maison d'Arrêt. La ville déserte avait un côté provincial dangereux. Presque minuit. Pourvu que les ploucs n'attaquent pas. La valise était lourde, il n'avait pas regardé à l'intérieur, c'était le problème d'Anna. Certains cliquetis lui avaient indiqué qu'il ne s'agissait pas de lait en poudre et d'œufs frais.

Le 22, rue de l'Église était un pavillon en meulière, style avant-guerre, noir de troènes et de viornes, avec un perron qui aurait pu rivaliser avec l'arrière d'un galion.

Sur le perron, un dogue allemand, sinistre, faussement éteint, muet comme la nuit. Gilles sonna. Le dogue aboya une fois et se planta derrière la grille, le regardant sans le voir. Une lumière fusa. La porte s'ouvrit. Un Noir apparut, la trentaine, le bonnet aux couleurs criardes resplendissant sous la cruauté de l'ampoule nue. Un type magnifique.

— Monsieur Baynac ? demanda Gilles, sur ses gardes.

— C'est ça.

— J'ai une valise pour vous. De la part d'Anna.

— Déposez-la devant la grille et barrez-vous. Je ne peux pas ouvrir la porte tant que le clebs est dehoı Sa maîtresse n'est pas là.

— Bon… admit Gilles, ennuyé. Je vous fais confiance.

— Pas de problème, frère, pas de problème…

— Salut.

Pour attraper le dernier train, Gilles n'eut pas besoin de courir.

Pendant le trajet le ramenant à Paris, il essaya de draguer un loubard au teint pâle. Il n'insista pas trop, le type était décidément trop bas. Et puis Gilles avait du boulot avant de dormir. Nettoyer l'appartement. Dormir. Le décalage horaire, bientôt, lui demanderait un sacré sommeil.

RÉEL/CINQUANTE-DEUX/LE SACRE

Anna entra dans la chambre d'Étienne de Vignoles, dit La Hire.

Allongé, habillé et tremblant, il la vit refermer la porte doucement, le regarder en souriant, puis, hésitante, aller à la fenêtre. Sa marche dansante sur la moquette ne fit absolument aucun bruit.

La Hire, oppressé, écrasa sa cigarette dans le cendrier posé sur la table de nuit. Il mit ses mains sous sa tête et regarda fixement le plafond. Il faisait frais dans la chambre. Des vagues de chaleur intense passaient néanmoins à travers sa tête.

Il imagina une petite musique lancinante envahissant la pièce. Un raga à la flûte, calme et obsédant. Il n'était vêtu que de sa cotte de mailles et de son pantalon.

Anna regardait toujours dehors. Cette complicité due à l'immobilité et au silence devint épaisse et les rapprocha. L'attente amusée entre deux êtres, la certitude que, bientôt, leurs peaux glisseraient l'une sur l'autre comme un velcro muet.

La Hire se déshabilla et réfléchit longtemps pour imprimer à ses mouvements un manque de vulgarité, ne pas se presser, faire glisser naturellement les pans de ses vêtements, ne paraître ni ému ni obligé, ne pas y imprimer l'image d'une habitude, au, contraire, donner à cette agitation la qualité d'une douceur particulière, ensuite ne pas étaler sa nudité, ne pas la rendre inévitable, l'allier avec la pièce, avec Anna toujours debout, regardant dehors.

La Hire s'était rallongé sur le lit, après avoir défait les draps. Il se recouvrit et se retourna, fixant le mur opposé à la fenêtre.

Sa grande carcasse musculeuse et blonde avait envahi toute l'aire du lit. Nu, il ne paraissait pas désarmé, au contraire, il gagnait en émotion, son sexe indiquant une rupture de rondeur et donnant une douceur anguleuse à son corps se mouvant lentement. Quand il s'était allongé, il avait perdu de sa force et de sa stature, mais avait gagné, dans son horizontalité, l'assurance de la bonté, de la justesse.

Puis il comprit, à de légers glissements, qu'Anna, elle aussi, enlevait ses vêtements.

Sa blouse de toile blanche glissa lentement : les bretelles de son soutien-gorge striaient sa peau blanche. Les bras, se recourbant bizarrement, se pliant en arrière comme s'ils allaient casser, défirent l'attache et le dos, déjà nu, le parut encore plus. Les bonnets de tissu fin et chaud libérèrent sans bruit, mais avec une grande fureur silencieuse, ses deux petites mamelles blanches et calmes, presque transparentes dans la demi-obscurité. Puis elle défit la fermeture de son pantalon de cuir trop large qui tomba, droit comme une enveloppe. S'appuyant contre la fenêtre, elle enjamba l'amas de tissu et de cuir ainsi formé. Sa jambe gauche, légèrement difforme au niveau du genou, ne prenait pas appui par terre. Le slip rouge foncé faisait une tache sombre comme si le corps d'Anna était tranché et inexistant au niveau de la taille. Elle enleva ce dernier vêtement redonnant sa plénitude et son intégrité à la blancheur du corps. Les fesses rondes et claires n'apparaissaient que comme des fesses rondes et claires, sentimentales, même pas douces ou secrètes, de petites fesses tout simplement.

Anna se retourna et marcha vers le lit.

La Hire se redressa et la vit prendre par terre la

cotte de mailles. Elle l'enfila, vêtement âpre et brillant, trop grand pour elle : elle s'en recouvrait, profitant encore de la chaleur du métal petit à petit abandonnée. La fine carcasse de métal lui recouvrit le buste, s'arrêtant juste au niveau de son sexe, comme si les cheveux sombres de son ventre allaient s'entremêler dans le corset d'acier fin.

Anna monta sur le lit et, pour ce faire, protégeant sa patte folle, prit appui sur sa main et écarta avec difficulté ses jambes. Ce geste d'ouverture secrète fit intérieurement hurler La Hire. Anna se coucha sur lui. Il perçut immédiatement le poids de la jeune fille et sentit son sexe glisser lentement de la rugosité des mailles d'acier au soyeux de sa toison à elle. Les yeux roses d'Anna se rapprochèrent. Les deux amants s'embrassèrent. Anna mordit sa lèvre. La Hire sentit le corps bouger dessus lui, tout en maintenant la morsure. Une chaleur lui dit qu'il l'avait pénétrée sans vraiment avoir fait l'effort anti-esthétique de le vouloir.

Anna entreprit alors d'enlever, en se contorsionnant avec méthode, en gémissant avec luminosité, la cotte de mailles.

... D'y repenser, cela me paraît toujours dément d'être avec une dizaine de flics et de pénétrer en force dans un deux-pièces qui paraît illico trop petit comme si les képis allaient racler le plafond. Les uniformes pompent tout l'air d'un lieu clos et, à chaque fois, il faut que je me force pour ne pas sortir en trombe respirer l'air du dehors à grandes goulées. Dubois, avec Roger, avait d'abord écouté avec un stéthoscope de sa fabrication s'il n'y avait personne à l'intérieur. Un bricolo, Dubois. Pas le genre à travailler avec sa bite et son couteau. Puis ils avaient enfoncé la serrure à coups de talon, fiers de cette brutalité. Les flics m'énervent, quand ils jouent. Deux pièces propres et bien tenues, avec une télé, une Hi-Fi, un grand tapis arabe accroché au mur, des photos dérisoires de Luis Mariano punaisées sur une armoire peinte. Évidemment, on a tout fouillé. Sans rien péter. Ce n'est pas un suspect, un mort n'a pas besoin d'être impressionné. On n'a d'abord rien trouvé, armes ou autre. Moi, je n'ai touché à rien, je ne sais pas pourquoi, un pédé vivait là, je n'ai pas pu m'empêcher d'y voir une saleté, d'y sentir une odeur, une souillure. C'est con. C'est pour cela que je suis flic, je crois. Des a priori de ce type doivent bêtement me pousser à vouloir l'ordre, alors que tout est entropie, si quelqu'un lit ça un jour, il sera sûrement étonné de me voir manier des idées de ce genre, grand con, j'ai une licence de Lettres. Et à l'époque où je l'ai eue, fallait bosser. On a trouvé un carnet d'adresses, quelques noms. On les a notés. Dubois, demain, les fera un par un. Routine impersonnelle. Mais il y avait un nom, Gilles, avec un numéro de téléphone. Dubois est descendu à la voiture et a obtenu immédiatement l'adresse correspondant au numéro. Dans le 16ᵉ, rue Picot. Thibaud S. et A. Il était cinq heures du mat. J'ai envoyé deux plantons là-bas, on ne sait jamais, peut-être une piste, un hasard, peut-être rien. J'avais besoin d'un peu de dodo. Il est huit heures du matin et j'écris toujours ce satané journal. Pourtant, j'étais parti me coucher : l'odeur du formol, toute la nuit, à la morgue, ça donne sommeil. En sortant, des voisins, réveillés, ont essayé de savoir. Les agents les ont vaguement repoussés dans leurs taudis. Une pute qui, sur le trottoir, rentrait chez elle, a cru qu'on allait l'embarquer. Elle commençait à gueuler et à éructer des noms d'oiseaux quand elle s'aperçut qu'on ne s'intéressait pas à elle. Ma foi, elle eut l'air soulagé. Ça m'a rappelé mes débuts à la Mondaine. Le petit matin m'a gelé les os et l'âme : j'ai du plaisir à écrire cela, je m'aperçois que j'ai un réel plaisir à noircir ces feuilles de papier. Plus, à présent, qu'à faire mon boulot. J'ai peut-être trouvé ce qui va faire le sel de ma retraite. Putain, j'en ai des choses à raconter sur la merde humaine…

Non, Non. Ce n'est pas vrai. Je mens. Plus ça va, plus j'ai la conviction qu'il y a du bonheur, de la joie, dans l'illégalité…

RÉEL/CINQUANTE-QUATRE
JEAN POTON, SIRE DE XAINTRAILLES

Jean Poton reposait, tout nimbé d'odeur de peau, un bras passé autour du doux amas formé par les os, la viande et la peau nue d'Anna. Le nez frottant les omoplates de la jeune fille, Jean, de ses doigts, jouait avec la chevelure basse. Anna lui tournait le dos, rêvassant sans doute à la brèche dans la réalité qu'avait constitué leur acte. Poton qui, pendant une heure, avait été exacerbé par la qualité extrême de leur approche, se sentait plus calme, mais frustré d'un mystère. L'amour lui avait enlevé le mythe pour lui donner la chaleur et la tendresse, Anna avait soudainement pris de l'épaisseur mais s'était mise à son niveau.

Il ne savait plus, maintenant, si elle pourrait encore l'amener à commettre des actes irréparables et dangereux. C'était comme si elle l'avait senti. Elle bougea, devant lui, et sa peau bruissa. Son derrière s'emboîta dans le giron de Jean, robotique absolue, cashmere frais. Jean se défendit totalement d'être ému. Il continua sa propre caresse, prenant dans le creux de sa main la coupelle molle du sein de la jeune fille. Un flan dur, pensa-t-il. Anna se retourna, et, dans la nuit prussée, il ne vit qu'à peine ses yeux, ses ineffables yeux roses embués de larmes. Elle se recroquevilla, se lova contre lui, lui prit le sexe de ses mains hésitantes, et le lécha.

IRRÉEL/CINQUANTE-CINQ
CHASSEGUET-DUBOIS

— Allô, Patron ?
— Hon…
— Je vous réveille ? Il est dix heures trente !
— Et alors ?
— Je vous rappelle que vous avez envoyé deux hommes dans le 16e, rue Picot. J'y suis aussi. J'ai pris sur moi. À mon avis, y a un contact, là.
— Un contact…
— Il y a un type. On va le ramasser.
— T'es assez grand… Rappelez-moi pourquoi on le piste, ce con…
— Patron ! Ho ! Réveillez-vous ! Gilles !
— Eh bien ?
— Gilles de Rais, Gilles de Laval, un des compagnons de Jeanne d'Arc !
— Ah oui… Eh ! Dubois, on est en pleine déconnante !
— Patron ?

— Excuse. N'importe comment, faut passer par là, je suppose. Si jamais il faisait partie de la bande, on aurait peut-être intérêt à attendre de le voir avec les autres. Mais on perd du temps, on n'a rien d'autre. Les autres noms, sur le carnet, n'ont rien donné ?

— Non. Pas pour le moment…

— Bon, faites comme vous l'entendez, Dubois, c'est vous qui êtes chargé de l'enquête.

— Qu'est-ce qu'il y a, Patron ?

— J'ai dormi que deux heures, et j'en ai marre…

— Moi, je n'ai pas dormi du tout !

— T'es jeune, toi, t'es jeune…

RÉEL/CINQUANTE-SIX/GILLES DE RAIS

Il venait de se lever. Du nescafé avec de l'eau chaude puisée directement au robinet achevait de le réveiller en lui retournant à moitié l'estomac. Il s'était couché vers quatre heures du matin. La cheminée était pleine de papiers calcinés, chéquiers, officialités diverses, impôts, lettres, quittances, marques de vêtements, carnets. Plus rien, dans l'appartement, n'indiquait de vie fichée : des objets sans provenance, des livres sans étiquette, des meubles sans identité.

Gilles passa un blouson. Il avait fait sa valise, un sac de voyage dans lequel s'entassaient encore quelques marques d'attachement et d'amour. Un cocktail molotov trônait sur la moquette du salon, un signal certain d'abandon, un signe de détachement violent.

Gilles n'était pas mécontent de quitter ce lieu qu'il habitait avec Anna depuis la disparition brutale des parents, une mort qui leur avait donné en même temps une relativité vide du monde et assez d'argent pour vivre sans besoin. Parfois, Gilles revoyait le doux visage de sa mère, derrière la porte de la salle de bains, ou dans le reflet de la grande baie vitrée.

La sonnette de la porte d'entrée résonna deux fois. Gilles recracha le nescafé dans l'évier et prit le revolver passé à sa ceinture.

Sans bruit, il alla jusqu'au judas de la porte blindée et regarda : hideusement déformés, deux visages fermés. Deux flics. Gilles en était totalement et immédiatement certain. Il recula et alla vers la fenêtre de la cuisine. Sans se montrer, il regarda la rue. Par-dessus les jardins, il remarqua trois voitures, dont une occupée par deux hommes immobiles. Des voitures semblables, impersonnelles, sans fioriture, sans la queue de renard suspendue au rétroviseur, sans le coussin bariolé sur la plage arrière.

Ça y était.

Jean-Louis, ça partait de lui… Il n'avait rien à craindre. Mais retenu 48 heures, le Brésil finissait en eau de caniveau devant un quelconque commissariat de Police. Et puis il fallait prévenir Anna. Se mettre à l'abri. Effacer les pistes.

Nerveux et tendu, Gilles marcha en long et en large sans savoir quoi faire, où aller, que décider. Il se calma en serrant violemment ses poings contre ses tempes. Quand la sonnette reclaqua, il venait juste de réussir à calmer son pouls.

Il alla jeter un coup d'œil au judas. Un troisième type les avait rejoints, il portait une mallette, bordel, un serrurier. S'ils veulent à tout prix entrer, c'est que ça va plus loin que Jean-Louis.

En silence, Gilles fonça dans le salon, prit son sac de voyage et le cocktail molotov. Il déposa celui-ci à la porte du couloir d'entrée. Il vérifia s'il avait son briquet, ses papiers. Il respira très fort pendant dix secondes en tournant sa tête de droite à gauche, plusieurs fois. Puis il revint, à pas de loup, à la porte d'entrée.

Il regarda encore dans le fish-eye et aperçut le serrurier glisser un passe dans le premier verrou. Profitant du bruit et du cliquetis, Gilles déverrouilla la sécurité de son côté.

Il ouvrit violemment la porte, poussa le serrurier qui faillit valser dans l'escalier. Les deux flics, devant lui, tentèrent de se plaquer sur le mur, deux hommes lourdauds pris d'une félinité subite. Gilles tira deux fois, comme deux coups droits de tennis. Le premier policier, le ventre percé, piqua une tête dans l'escalier. L'autre venait juste de dégainer quand il fut touché. Mais il ne lâcha pas son arme et la leva lentement vers Gilles qui, terrifié, retira, visant la main, le bras, le type. Les deux coups de feu retentirent en même temps. Gilles fut happé par une immense déchirure dans le haut du bras, le flic glissa par terre, lâchant son pistolet. Gilles entendit le serrurier descendre l'escalier en courant.

Gilles avait une vision claire. Le monde était devenu sûr, positif, blanc. Une ligne tracée. Son épaule saignait. Il remit le revolver dans sa ceinture, rejoignit le salon, alluma le chiffon de la bouteille et projeta le cocktail sur le Magritte d'en face. Il se rendit compte qu'il pleurait. Une explosion très rouge derrière lui. Trop de bruit dans la tête.

Le sac à la main, Gilles sortit de l'appartement en enjambant le corps inerte d'un des flics. Il jeta un coup d'œil dans l'escalier. Le premier policier se traînait sur les marches en descendant, semblant vouloir s'échapper pour éviter son propre massacre. Gilles se précipita vers l'ascenseur. Il était à l'étage. Gilles s'engouffra à l'intérieur, se demanda si chaque étage était fliqué ou non. Il appuya sur le bouton du deuxième sous-sol et s'aplatit le long de la paroi. Au troisième, quelqu'un tira au passage de la cabine. Le miroir explosa. Gilles regarda avec étonnement deux énormes trous dans la porte. Il entendit un autre coup de feu et la cabine stoppa brusquement entre le rez-de-chaussée et le premier sous-sol, dans un claquement de câbles de métal.

Le sang imbibait tout le devant de son blouson. Bizarre. Manque total de douleur. L'anesthésie du choc. Mais ça allait revenir et, avec, l'évanouissement et la hurlante. Gilles avait du mal à bouger son bras gauche qui ne répondait que peu aux mouvements qu'il aurait voulu lui donner. Il se vit coincé, là, dans cette cage.

Tout à coup, il s'imagina un suicide, là. Comme cela. Ça ou la prison à vie, ou bien les cognes lui tapant dessus pour savoir où est Anna. Anne, petite Anne, tu ne verras rien venir. Et puis, ce désir de s'échapper, la mort trop lointaine, pas d'images qui défilent devant les yeux, ce n'est pas encore, ce n'est qu'une blessure, Poton connaîtra un médecin, j'en connais un d'ailleurs qui m'aime et me soignera et puis je pourrai prévenir Anna.

Gilles entendit des bruits sourds, comme si on essayait, plus haut, de forcer les portes coulissantes de l'ascenseur. Il sortit un chargeur de son sac et le glissa dans sa poche. En se baissant, il repéra la fermeture du caisson prévu pour les cercueils. On lui avait dit que c'était pour ça. Interdiction de transporter les macchabées debout. Ça se tasserait à l'intérieur.

Gilles suait déjà abondamment. Se mettant sur le côté, il tira dans la serrure. La détonation l'assourdit et la tôle, arrachée, laissa s'ouvrir les deux montants de l'habitacle. Gilles s'y glissa. Dedans, le long de la paroi, deux autres points d'attache, rivetés, maintenant un léger toit de métal coiffant la cage. Allongé sur le dos, Gilles tira encore deux fois, et poussa la tôle qui bascula et tomba deux étages plus bas.

Ainsi allongé, il vit alors toute la cheminée d'ascenseur au-dessus de lui, sept étages, cage de béton éclairée par des vitrages, côté cour, avec les filins qui bougeaient, avec de la fumée, tout en haut. Il vit aussi une barre de fer coincée entre deux portes, trois étages plus haut, bouger, cherchant à forcer les deux montants.

Gilles prit son sac. Son épaule le tiraillia, la douleur se pointait, encore supportable. Le sang avait l'air de couler de plus en plus. Gilles balança le sac qui s'écrasa plus bas, percutant la tôle déjà arrachée. Se contorsionnant, il réussit à s'extirper de l'habitacle et, faisant un rétablissement dans le vide étroit entre la cabine et le mur, chercha avec les pieds un filin, en dessous. Ses mains se cisaillaient sur le métal, son épaule se métallisait. Il entendit, plus haut, la porte céder. Son pied accrocha le filin. Il le ramena vers lui et, de sa main droite, tenta de le saisir. Des cris. Il vit, au moment de se jeter au hasard vers le filin que tenaient ses deux pieds, la barre de fer tomber en tournoyant et fracasser le haut de l'ascenseur.

Il s'accrocha, sans force, au câble graisseux et se laissa glisser. Il manquait deux mètres au filin en boucle jusqu'au sol. Gilles sauta. La douleur le vrilla comme un shoot, en plus blanc. Une immense aiguille lui transperçait le haut de la poitrine, de bas en haut. Il hurla, glissant par terre. Il saignait toujours. Il ne sentit plus son bras gauche. Puis il se courba sur lui-même. Il sut, là, assis dans le cambouis que quelque chose avait lâché, là, dans sa poitrine. Il se dit que c'était trop con de…

DIEU/CINQUANTE-SEPT

… Selon les experts franco-britanniques et ceux de la NATO, des débris de l'Interspace 3 pourraient tomber sur terre avant la fin de la semaine. En effet, le satellite a perdu 6,5 kilomètres d'altitude par jour mardi et mercredi. Du coup, son périgée, le point où il se trouve le plus près de la Terre, n'était plus mercredi qu'à 188 kilomètres d'altitude. Si la chute du satellite continue à ce rythme, et il n'y a aucune raison qu'il en soit autrement, il pourrait donc atteindre très vite les 170 kilomètres fatidiques. En effet, à partir de cette distance, le satellite devrait décrocher de son orbite et entrer dans les couches denses de l'atmosphère. Il reste à savoir si les deux morceaux qui demeurent dans l'espace vont tomber simultanément ou pas. Les experts ne parlent pour l'instant que d'une date, mais il est possible que le réacteur rentre en dernier. Quant à l'endroit où pourraient tomber d'éventuels débris non désintégrés à l'entrée dans l'atmosphère, la méthode d'évaluation la moins sûre n'est toujours pas le marc de café. L'orbite décrite par les morceaux de satellite est de plus en plus incohérente au fur et à mesure de la descente et les seules zones du globe qui soient réellement à l'abri sont les deux pôles.

(dépêche)

RÉEL/CINQUANTE-HUIT/REIMS

La Hire et Xaintrailles, assis dans les larges fauteuils du hall de l'hôtel, se regardaient sans rien dire. Anna dormait encore. Ils n'avaient pas osé aller la voir, dans sa chambre, de peur de remettre une priorité en jeu. Ils avaient, tous les deux, un visage lumineux et s'observaient, troublés, ne parlant pas de peur de dire quelque chose sur Anna et de peur de ne pas parler d'elle. Ils écoutaient la radio que, derrière son comptoir, le guichetier avait branchée, toutes ces parlotes sans intérêt, écoutez la différence. Ils buvaient du café, qu'ils remuaient longtemps, comme si tout avait pris de la lenteur.

Anna apparut en haut de l'escalier, descendit jusqu'à eux et les salua sans les toucher, ni les embrasser. Une serveuse lui amena un plateau de petit déjeuner qu'elle regarda en souriant. Elle beurra un petit pain en observant, de temps en temps, les yeux rieurs et conciliants, ses deux amants. Toujours sans un mot. Elle but une gorgée de café :

— Je vous aime, dit-elle d'une voix rauque.

La Hire sentit son corps chauffer doucement. Il regarda la fenêtre aux longs rideaux de dentelle transparente. Dehors, sans bruit, quelques voitures passèrent. L'énorme frondaison des arbres de l'avenue emplissait le haut de la fenêtre. Le soleil semblait, lui aussi, réchauffer la petite ville.

Poton tourna sa cuillère dans sa tasse, se rappelant un film de Jean-Luc Godard. À la radio, c'étaient les informations de onze heures. Ils entendirent sans écouter. Le carnage rue Picot, dans le 16e arrondissement, à Paris. Un jeune homme mort, un policier tué, un autre grièvement blessé, le feu dans l'immeuble, des terroristes recherchés depuis longtemps.

La Hire et Poton se tournèrent vers Anna, muets, vivant le vent glacial qui leur emplissait soudain les poumons. Anna reposa lentement sa tasse et se frotta le genou. Elle se mit à pleurer, ne pouvant s'en empêcher, cherchant un mouchoir dans son sac de voyage. Ses yeux roses, voilés, contenaient une rage indécente.

— Bourguignons, salauds ! hurla-t-elle.

Le gardien de l'hôtel la regarda curieusement. Poton se leva et alla régler la note. Le type semblait silencieusement lui demander ce qu'il pouvait faire.

— Ne vous inquiétez pas, lui dit Poton. Vous savez… Les enterrements…

— Mes condoléances, balbutia le type en empochant l'argent et rangeant les clefs.

Poton rejoignit La Hire qui avait pris la main d'Anna. Il sentit tout, de suite qu'elle était brutalement revenue dans sa drôle de quête.

— C'est la guerre, maintenant, dit-elle doucement. Gilles, j'aurais voulu encore le voir vivre. C'est moi qu'ils veulent. C'est lui qu'ils ont eu. C'est dégueulasse.

Puis elle leva les yeux, les étudiant à tour de rôle.

— Vous êtes libres de partir, si vous voulez, maintenant, c'est mon problème, dit-elle d'une voix plus assurée, plus grinçante, plus méchante.

La Hire haussa les épaules. Poton se pencha :

— Dis-moi quelque chose, Anna. Donne-moi un ordre !

Anna réfléchit.

— Il faut que j'aille à Pontoise. Il nous faut une voiture. Après, on part… N'importe où.

— N'importe où il y a des hôtels, dit la Hire.

— Avec au moins trois chambres, termina Poton.

Anna ne sourit pas.

Impossible de pouvoir cacher ça. Les pompiers, tout le haut de l'immeuble cramé. Les journalistes, comme des morpions, partout, grattant, fouinant. Chasseguet était tassé dans le fond d'un fourgon. Devant lui un brancard recouvert d'une couverture militaire. Dessous, un homme, qu'il avait vu pour la première fois, une demi-heure auparavant, prostré dans le fond d'un puits d'ascenseur. Sanglant, mort, sans doute d'une rupture d'artère. La dernière cible de Dubois. Dubois, il l'avait vu, lui aussi, à moitié assis sur le palier d'un cinquième étage, dans un immeuble bourgeois à escaliers cirés, les jambes curieusement repliées sous lui, sans vie, son corps dérisoire percé de deux balles. Il avait fait l'erreur d'avoir raison. Il avait levé le bon fauve et s'en était chargé.

Chasseguet pensait que lui-même aurait pu être à sa place. Il faudrait qu'il aille parler à sa femme. Dubois avait 45 ans, sa femme aurait des difficultés à avaler ça. Elle devait s'y attendre tous les jours, mais enfin... Chasseguet, ça l'emmerdait d'attendre là. Il aurait aimé revenir au bureau, pour observer l'agitation morbide des jours de grand drame. Les gueules défaites, la nervosité stérile, le manque de regard franc.

Chasseguet attendait deux choses : son équipe enquêtait auprès de tous les occupants de l'immeuble pour obtenir le plus de renseignements possible sur les habitants du cinquième. Deux policiers avaient été cueillir le libraire pour une reconnaissance éventuelle du corps. Comme ça, pour voir. Apparemment le cadavre concordait avec le signalement du type de l'aéroport qui avait bombardé le stand British Airways. Donc, le libraire devrait officiellement le reconnaître aussi. Ce qui allait permettre de regrimper la filière. Même un mort parle. Parle beaucoup. Il avait fallu la mort de Dubois pour arriver à cela.

Chasseguet n'était même pas triste. Il en avait trop vu, de corps froids. Dubois, c'était un collègue, un ami peut-être, mais avant tout un type qui connaissait les risques de son boulot. Donc c'était bien fait. Il aurait dû faire gaffe. Chasseguet était maintenant sûr que l'enquête trouverait une fin rapide et évidente. Normale. Légale. Le joint était établi. C'était une question de temps. Un flic en civil monta dans le car.

— Monsieur le Commissaire. On a fait tout l'immeuble. Un frère et une sœur. Anna et Ivo Slovic. Les parents sont morts dans un accident d'avion, il y a deux ans. J'ai l'adresse du notaire de la famille, le même que les proprios du second. Il pourra nous donner d'autres renseignements. J'ai envoyé un collègue à la Mairie du 16e pour avoir les fiches d'État Civil des suspects. Et les photos.

— OK. Foncez chez le notaire. Après, cherchez des parents éventuels. Je veux un filet complet : amis, connaissances, parents, boulot, etc. Le
plus vite possible. Quand vous aurez la photo de
la fille, si le mort est vraiment son frère, hop,
signalement aux aéroports, douane, gendarmerie,
et les SRPJ. Vous savez comment. Exécution.

— À vos ordres, Monsieur le Divisionnaire.

Chasseguet, ennuyé, entamait désormais un
travail comme tous les autres. Sans poésie. Brutal. Celui-là, pourtant, avait étrangement commencé. Comme un rêve. Dans le doute, tout le
monde s'était abstenu. Maintenant, ça allait cavaler vers la mort finale, le démantèlement, l'ordre,
la punition. En fait, les hors-la-loi croyaient toujours ne pas faire d'erreur, ou bien en faire de non
importantes. Fausse idée, la Police est une
mouche. Elle pond partout et les larves donnent
toujours d'autres mouches.

Un policier vint le chercher. Au radio-téléphone,
dans une des voitures noires, le Préfet de Police
voulait lui parler. Chasseguet devait passer par là,
le rassurer, ce haut fonctionnaire, le rassurer. Oui,
monsieur, ce n'est qu'une question d'heures.

TRANSPARENCE/SOIXANTE/PIGS

Il était midi quand Rocky a frappé à ma porte.
Le plan attaque de château fort. Il fallait ça,

remarque, pour me réveiller. Couché à trois heures du mat, pété, plus un gouzi gouzi d'enfer avec cette petite. D'ailleurs plus branchante que la moyenne des groupies, les cheveux inévitablement verts, mais propre sur elle, sous le cuir. J'étais si allumé que je ne sais même pas si c'est moi qui ai fait ou si c'est elle qui m'a fait. Dans le pieu, au matin, y avait Bernard aussi, je l'ai même pas vu arriver. Tant qu'il ne me la met pas à moi… Rocky, c'est notre road. C'est une vraie bête. À midi, il avait déjà chargé le matos dans le camion, comme à son habitude, il a engagé deux ou trois kids éperdus d'admiration pour le groupe, pour l'aider à emballer les cinq amplis, les vingt baffles, les fils, la batterie, la sono et les grattes. Sauf la mienne. Je couche avec. On m'en a déjà tiré une. Une Strato qui avait appartenu à Paul Kossof, patinée, cinglante, avec des micros qui auraient pu avaler une explosion atomique. Celle-là, une Télécaster, en fait je préfère, un son plus «usine», et puis, elle a été commandée par Johnny Thunders qui n'en a jamais voulu ou qui n'a jamais pu la payer, vu le kilo de poudre qu'il avait dans les bras. Je l'ai eue à Londres par le NME. Un bol. Payée avec la peau de mes couilles. Mais elle est bleue à paillettes, le premier qui me la chauffe, je lui cours après jusqu'à Tombouctou s'il le faut. Hier, le concert, au poil. Dieppe, on craignait un max, le plan désert, mais 400 personnes sont venues. On a dragué la côte. Bernard avait retrouvé sa voix, on a bien dégagé, vingt titres et hop. La recette équilibre le tout et nous paye la semaine. Tout ce qu'on va faire, demain, à Rouen, on aura bien mille pékins, ce sont nos premiers potes, sera du bénef tout rond. On pourra tout balancer sur notre prochain LP. Un live peut-être. À la fin, les kids, ils commençaient à tout casser, dans le journal, on va encore trouver qu'on porte bien notre nom. Rocky en a tatané deux qui essayaient de venir nous emmerder sur la scène.

Je me suis habillé. Café ! Café ! Nom de Dieu !

RÉEL/SOIXANTE ET UN
ÉTIENNE DE VIGNOLES DIT LA HIRE

On a longtemps hésité avant de voler une voiture. Dangereux, car, maintenant, la filière était prête à être remontée. J'étais furieux contre Gilles, une connerie déclenchait le désastre. Et puis mourir. Il n'avait pas le droit de nous laisser un peu plus seuls. Et de laisser sa sœur face à ce monde qu'elle ne voit plus comme monde. D'autre part, c'était aussi dément d'aller à Reims, de venir ici, de laisser autant de traces et de laisser nos visages rayonnants s'imprégner dans la rétine de tant de gens attentifs. C'était dément mais c'était beau. Le stade inévitable de toute aventure, me suis-je dit quand Anna est sortie de ma chambre, la nuit dernière. J'étais chaud, anéanti de bonheur et de

148

douceur. Je craignais, après ça, d'avoir des velléités à continuer cette absurde marche vers la taule. Mais non. Maintenant, je la protège, Anna. Je protégeais son âme, maintenant je prends soin de son âme et de son corps. Anna avait une fausse carte d'identité et on a donc préféré louer une voiture. Une 504, noire, banale. Un tank rapide et sûr. Faux chèque, faux noms. Comme si elle avait tout sur elle, sa vraie et ses fausses personnes, comme si elle avait tout emporté, toutes les possibilités de vie, craignant de ne plus revenir chez elle. J'avoue que, pendant une seconde, j'ai pensé qu'elle brûlait les pistes et les autres, derrière elle. Mais je l'ai vue pleurer, avec acharnement, avec un désespoir animal. Son frère est mort. Moi, je n'ai rien senti, Gilles était un autre, un ailleurs, vide pour moi, vide de toute complicité. Même Poton, pourtant si proche dans la même passion, m'est étranger. Seule, Anna existe.

On roule sur l'autoroute. Je conduis. Poton est à côté de moi, noir, le visage à moitié baigné par le vent soufflant à travers la vitre baissée.

Derrière, Anna est calme. Peu avant, elle a sorti une arme de son sac de voyage, un P .38 et l'a démonté fiévreusement. Puis elle l'a remonté, rechargé et glissé dans la poche de son manteau de cuir. Nerveusement, elle s'est ensuite frotté le genou pendant au moins cinq kilomètres, penchée en avant, la tête entre les deux dossiers des sièges avant. On allait à Pontoise. Je ne sais pas pourquoi. Mais cela me rassure. Anna a prévu des portes de sortie, des caches, peut-être. Elle nous a parlé de fuite et elle a choisi la Hollande. Sans doute, après, l'avion. J'ai pensé, avec angoisse, à tout ce que je laisse à Paris. Bof, rien, en fait. De l'ennui. Mes balades dans le 13ᵉ. Ma collection de boîtes en fer. Des conneries.

DIEU/SOIXANTE-DEUX

… Dans la perspective de la chute probable de débris radioactifs du satellite franco-anglais Interspace 3 aujourd'hui ou demain, des mesures de précaution ont été prises dans plusieurs pays. Les services de l'OTAN, face au silence des autorités, ont précisé, avec une relative précision, que la chute se produira entre 5 heures GMT et 10 heures GMT. Le lieu d'impact n'est par contre pas encore connu et ne le sera qu'à la dernière minute. Les débris ont 70 % de chances de tomber dans un océan, 16 % en Europe de l'Ouest, 3 % au Canada et 2 % aux États-Unis.

Quelle que soit la probabilité d'une chute de satellite sur leur territoire, les gouvernements se tiennent prêts. En France, des dispositions ont été prises à la suite de plusieurs réunions auxquelles participaient les représentants de plusieurs ministères…

(dépêche)

Chasseguet fouilla dans sa poche et donna l'enveloppe au petit moustachu. Il scellait, par ce geste, quelque chose d'irréparable. Il avait hésité. La petite photo, il l'avait regardée longtemps. Un photomaton. Celui d'un jeune homme au regard flou. Mort dans un ascenseur, transpercé. Reconnu par des témoins. Un des membres de Rimbaud. Une photo qui allait bientôt se retrouver à la Une de *France-Soir*, en grand, en gros grain, avec de la bave de journaliste autour, fade, sans importance réelle.

— Alors ? demanda le moustachu.

— Alors quoi ?

Chasseguet gémit, sortant de sa léthargie. En face de lui, le rédacteur en chef. Un petit con. On lui a téléphoné d'en haut. On lui a conseillé de faire tout ce que je dirai. Raison suffisante pour avoir la primeur et l'exclusivité. Le plus gros tirage. Il s'écrase. C'est beau le journalisme. Il faut même lui fournir les textes, à cette limace.

— Ben... reprit le moustachu. Il est mort, ce type, mais qu'est-ce qu'on peut dire ?

— Que c'est un des tueurs du groupe Rimbaud. Que la Police progresse. Qu'elle cherche sa sœur pour plus amples renseignements. Et le topo sur la famille. Il nous faut de la délation sans en demander… Vu?

— Vous avez la photo de la sœur?

— Oui. Elle est avec l'autre. Mais… Allez-y mollo, sur la sœur, on est sûrs de rien. Si ça se trouve, elle est en vacances quelque part. Faut pas trop la brusquer. Elle y est pour rien. À mon avis. Je peux me tromper.

— Alors, en petit, la photo.

— C'est ça, oui, en petit.

Une jeune fille. Très jolie, les yeux très pâles, l'air tranquille.

Chasseguet s'était demandé si ses pupilles s'agrandiraient quand elle apprendrait que son frère était fou, pédé, mort, parti dans le grand ravin bleu. En ascenseur.

Le téléphone sonna sur le bureau du rédacteur en chef. Celui-ci décrocha, écouta et passa l'appareil à Chasseguet, l'air ennuyé. Ce con, pensa ce dernier, il est furieux parce que je lui casse sa Une. Sans doute la baisse de l'essence ou une arnaque du genre.

— C'est pour vous.

— Merci, dit Chasseguet. Allô?

Il reconnut la voix de l'Inspecteur Raynal qui remplaçait, pour l'instant, Dubois. Joli intérim. Un fouille-merde. Un intello.

— Monsieur le Divisionnaire. On a une fiche sur Anna Slovic, au Sommier. Dépôt de plainte. Une histoire de viol, il y a trois ans.

— Qu'est-ce que vous voulez que ça me foute !

— Elle a failli être violée par des touristes anglais …

— …

— Ce n'est pas tout, Monsieur le Divisionnaire.

— Arrêtez avec votre divisionnaire ! Accouchez !

— Eh bien, dans la bagarre, elle s'est fait écrabouiller le genou.

— Ça, je m'en fous.

— Mais… Je vous ferai remarquer que Rimbaud est mort d'une infection partie du genou !

— J'arrive, dit Chasseguet qui raccrocha, avec une infinie précaution, l'appareil. Ses épaules étaient tombées d'un cran. Ça devenait trop facile. Post coïtum, animal triste. Ce n'est plus drôle de savoir où l'on va. La curée.

— Bon… La photo de la petite, en gros. Pareil que l'autre. Avec, comme texte : Jeanne d'Arc. Avec un point d'interrogation. Ça suffira.

— Super ! s'écria le moustachu. Si ça ce n'est pas de la délation !

Quel con, pensa Chasseguet. Il se venge, cette larve. Il s'aplatit devant le Préfet, ou le Ministre, je ne sais pas trop, et après il vanne un flic. Pour lui, c'est du sport. On fait du sport pour mieux sporter.

— Si ça vous plaît pas, vous n'avez qu'à titrer sur les montants compensatoires négatifs..

Bernard n'a plus de coke, ça le rend nerveux. Il conduit la Toyota en foutant les Ramones à fond sur le magnéto. Ça le branche, ça le calme. Moi, ça me crispe, la musique minimale. Je me force à regarder fixement le camtar devant nous. Rocky le manie avec douceur, c'est pas comme nous. Je me la mords si Rocky il ne préfère pas son camion à nous. Polo, il dort. Toute la nuit, il se balade, dès qu'on arrive dans un bled, il cherche les putes. Son idole, c'est Michel Simon. Le jour, il dort dans n'importe quelle poubelle et n'importe quelle position. Le soir, il tape sur ses peaux comme s'il voulait péter le monde. Ça oblige Bernard à hurler, pour couvrir. Et ça l'énerve. Il veut qu'on entende ses textes, comme il dit. Bof. À force d'entendre tous les soirs ses appels à l'émeute, on s'habitue, et ses discours à la sauce molotov, ça nous paraît d'un mou, mais d'un mou! Moi je nie concentre sur ma gratte et en avant l'Échelle de Richter. Les kids, ils regardent tous mes plans, ces p'tits cons, je suis sûr qu'ils notent tous mes riffs et que, bientôt, la concurrence va être rude. On a embarqué la petite nana qui est restée toute la nuit dans le couloir de l'hôtel. Le genre Louise Brooks. J'ai ma culture. La gueule qu'elle a fait quand je lui ai dit de venir. Je l'ai mise au fond de la camionnette en lui disant de ne pas bouger sinon Polo il va se réveiller et lui faire sa fête.

Je suis allé la retrouver. Les Ramones, j'en peux plus. Je l'ai embrassée en souriant. Elle s'est laissé faire, j'en ai marre de ce genre de meuf, prête à tout pour se faire un rockeur. Elles ne demandent rien en échange, même pas. Sa langue était chaude et rapide. Elle a une petite jupe de cuir. Elle s'est assise sur moi. Elle m'a dit qu'elle joue de la basse. Putain, quand c'est que je vais lui expliquer que notre look à nous, c'est le manque de basse, c'est le côté sec et tranchant de la guitare toute seule, avec la batterie derrière. Quand c'est que je vais lui expliquer? Avant ou après?

RÉEL/SOIXANTE-CINQ/PONTOISE

Ils arrivèrent à Pontoise vers 14 h 30. Anna connaissait le chemin de la petite rue de l'Église. Ce quartier, semé de pavillons comme des furoncles sur une peau grasse, paraissait sorti du monde, replié sur lui-même, hors de la respiration de la ville. Anna sortit de la voiture et alla sonner au 22. Un dogue allemand sortit de dessous un fourré de troènes, se planta sur la grille, les deux énormes pattes sur le rebord de la boîte à lettres et, toujours silencieux, regarda Anna.

155

Un Noir sortit du pavillon et, voyant la jeune fille, sourit. En deux souples enjambées, il la rejoignit :

— Un type est venu, hier soir, porter une valise.

— C'est Gilles. Mon frère. Il est mort. Les flics, répondit Anna.

— Je ne veux pas savoir, tu veux la valise ?

— Je peux entrer ?

— Non, Malika n'est pas là. Le chien te boufferait. Il n'obéit qu'à elle.

— Elle ne laisse jamais rien au hasard.

— Le hasard est occidental, Anna.

Il s'en retourna dans le pavillon. Le dogue regardait Anna dans le yeux, guettant le moindre mouvement. Il grognait imperceptiblement. Le Noir ressortit, une valise sombre à la main.

— Voilà.

— Merci Maxime… Tu ne m'as jamais vue…

— Tu ne me connais pas… Bonne chance, Anna. Fais-toi oublier.

— L'oubli, c'est oriental.

Elle revint vers la voiture, ouvrit la portière arrière, jeta la valise sur la banquette et s'assit. Poton remarqua le cliquetis. La Hire démarra.

La 504 sortit en silence de Pontoise comme si elle devait louvoyer entre des zones de tranquillité et de calme.

— C'est quoi, ça ? demanda Anna en indiquant le combiné téléphonique et le boîtier noir installés à côté du changement de vitesses.

— Un téléphone de voiture, répondit Poton.
— Ça marche ?
Xaintrailles essaya. Il mit le combiné sous tension, décrocha et obtint la tonalité.
— Ça m'en a l'air. On a dû sacrément payer plus pour cette merde.
La Hire rigola, sans bruit.
Anna demeura pensive et fermée. Elle prit un carnet dans son sac et se mit à écrire quelques mots dessus, en rougissant par moments, en observant à maintes reprises la plaine du Vexin s'ouvrir devant la voiture, en étudiant, sans les voir vraiment, ses compagnons, crispés, devant.
— Fais le 13 et demande le numéro de l'AFP.
Poton s'exécuta. Le téléphone grésilla à ses oreilles, la voix de la standardiste se fit, à tour de rôle, plus forte ou plus lointaine. Il obtint les sept chiffres impersonnels, les sept chiffres qu'Anna allait appeler, bientôt, toute à son pauvre orgueil de sœur meurtrie.

TRANSPARENCE/SOIXANTE-SIX
MATORD

Matord, en sueur, raccrocha, épuisé. La tension nerveuse. Il avait fallu qu'il écrive à toute vitesse, sans rien dire. Les tueurs en direct. Il avait quand même pu prévenir son assistant en lui écrivant trois mots, au milieu des autres : téléphone voiture, vite ! L'autre avait compris, avait contacté immédiatement les services de recherche de la Police qui avait dû se mettre en rapport direct avec un service spécialisé des PTT. Matord le connaissait, d'ailleurs, ce service, des petits branleurs qui passaient leur temps à écouter, écroulés de rire, les conversations entre les PDG, leurs secrétaires, leurs maîtresses et les bobonnes restées à la maison. La fille qui lui avait parlé était bien restée cinq minutes au téléphone. Les autres avaient eu le temps de repérer l'appel. Non, c'était sûrement trop court. Encore une bande de fonctionnaires payés pour aucun résultat vraiment tangible. Bof, il avait un papier sensationnel. Pour l'avoir, celui-là, il allait falloir casquer, sous la table.

Il le relut. OK, c'est de la littérature, mais c'est rigolo, ça a tout pour faire grandir le mythe, exacerber les intellos et paniquer les incultes. Cela dit, il fallait passer par Chasseguet, sinon, ce gros bœuf en profiterait pour lui coller au train une série d'emmerdes dont la Maison n'a pas besoin en ce moment, avec les deux morts du bureau de Beyrouth et ce con de Jacques qui s'est fait coxer, à Moscou, à faire du trafic de Levi's.

Matord passa un coup de fil au gros bœuf. Il a plutôt une tête de sanglier, mais :

— Bonjour, Monsieur le Commissaire… Matord.   J'ai du nouveau.

— C'est-à-dire ?

— Un texte, encore un…

— Ils me tuent, ces mecs. Ils ont toute la fli-caille aux fesses et ils continuent à écrire leurs mémoires…

— Un texte de revendication. Enfin… Pas exactement, c'est plutôt une pétition de principe… Une déclaration de guerre.

— Allez-y !

— Vous avez de quoi écrire ? C'est long… Ils en ont, des choses à dire.

— Allez-y !

— Bon, voilà… Je cite :

« Allô Jeanne d'Arc ? Ici Rimbaud !

Commerce de l'âme, commerce des armes. À mort l'Anglais ! Tout bourguignon actif passera de l'autre côté, vivra sa vie rêvée. Attention ! Rangez vos arquebusiers, l'histoire, la vraie, celle de l'énergie, est en marche. Traquée, elle pique. Ils sont montés, les scorpions éthiopiens ! Gilles de Rais, désormais désincarné, nous regarde. Nous sommes la Loi, la légitimité, nous sommes mythiques, et le Bon Peuple de France n'admettra pas la mort, le procès et le bûcher pour les mythes. Nous sommes vrais et chers en son sein. Nous sommes des génies. Nous sommes immortels. Aplatissez vos képis, les balles de nos désirs vont frôler vos têtes vides ! »

Voilà… C'est tout.

— Écoutez-moi, Matord. Rendez-moi un service. Vous gardez ça pour vous…

— Mais…

— Ça en fait des poètes, genre adolescents tourmentés et inconscients. L'essentiel, pour nous, est de faire croire au public que ce sont des tueurs, pas des gosses géniaux.

— Je ne vous suis pas.

— Bougre de con, quand on va les gauler, ça va faire des étincelles, des étincelles qui ne concorderont pas avec l'image donnée par ce texte. Ça ne collera pas avec des cadavres de jeunes gens, peut-être percés de balles. La gueule éclatée par un Manurhin n'est jamais poétique. Pas de mythe dans la barbaque à vif. Souvenez-vous de Mesrine… Pas de douche froide, c'est mauvais pour l'image de la Police !

— Vous n'avez pas d'ordre de ce genre à me donner, Commissaire…

— Je ne vous donne pas d'ordre, Matord, je vous conseille. Je fais appel à votre bon goût.

— Vous savez où je me le colle votre bon goût ? Vous savez ce qui se passe dans le Monde ? Question bon goût ?

— Justement… Allez-y du Tiers Monde, Matord, vaut mieux faire pitié qu'envie…

— Vous n'allez pas m'apprendre mon boulot… À propos, le radio-téléphone, ça a donné quoi ?

— Les PTT les ont repérés de justesse. Ça correspond. Voiture louée à Reims. Ils y étaient. C'est bon pour vos journaux, c'est la pucelle toute crachée. Ils ont appelé d'en dehors de Paris, dans la région Nord. Les émetteurs concordent. Ils se déplacent. On s'en occupe. Des barrages sont mis en place.

— Ça risque alors d'aller assez vite ?

— Ma foi… Alors, qu'est-ce que vous allez faire ?

— Commissaire, je m'en remets au droit à l'Information…

— Allez vous faire mettre, Matord. Vous allez sonner l'hallali sur de pauvres déments.

— Meurtriers, ironisa Matord.

— Ouais, comme les autres… Les politiques… Les marchands de bagnole, les militaires… Les pharmaciens… Les chanteurs de chansons d'amour… Les patrons d'usines. Vous allez faire bander le peuple. Ils vont se pignoler avec Stéphanie de Monaco et baver avec Jeanne d'Arc.

— Le bonheur… Pour eux, Monsieur le Commissaire.

RÉEL/SOIXANTE-SEPT/JEANNE D'ARC

— On passe par Compiègne, dit Anna.
Poton haussa les épaule ·

161

— On aurait plutôt intérêt à foncer vers le Sud. Je connais des gens, en Ardèche. Ils nous planqueraient un bon moment. Le temps de voir venir et de se faire légèrement oublier.

— On passe par Compiègne. C'est nécessaire !

Anna, butée, le visage souvent baigné de pleurs, n'avait plus rien dit depuis Pontoise. Elle avait uniquement ouvert la valise et sorti le bazooka. Elle en avait assemblé les pièces détachées et l'avait calé entre les deux sièges arrière. Dans la valise, il y avait aussi trois roquettes pour l'engin, deux pistolets Beretta et une dizaine de chargeurs. La Hire avait regardé ce petit arsenal, totalement éberlué. Mais il n'avait pas posé la question, devant l'acharnement agité des petites mains névrotiques et tremblantes d'Anna, de petites serres d'oiseau de proie. Poton conduisait. Il s'énervait de plus en plus, pris par une peur sourde et rampante. Il avait bouzillé un flic, lui. Il prendrait un maximum. Non. Il était impiégeable. Ils étaient incapturables. Inutile de jouer la folie. Ils n'étaient pas de la chair à procès. On les abattrait à vue. C'était plus simple, et c'était ce que voulait Jeanne. Anna. Bordel.

— Anna, dit-il, Compiègne, Jeanne y a été blessée… Évitons Compiègne, je t'en prie…

— On passe par Compiègne, hurla Anna, hors d'elle. On refait l'histoire. Le bazooka, c'est pour le clocher de la ville !

Poton ne put s'empêcher d'éclater de rire. Très bon. On s'attaque au patrimoine. Ça lui plaisait, ça au moins. À bas l'esthétique. Normal.

— Super, dit-il, mais je vais te dire quelque chose. Le silence des flics m'effraie. Ils savent. Gilles n'est plus là, c'est la preuve... S'ils ne sont pas totalement cons, ils ont fait le rapprochement.

— Quel rapprochement ?

— Bon Dieu, Anna... Ils seront à Compiègne, on va se payer tous les barrages du monde...

— On les verra de loin. Tu te gares dans la prochaine station-service. Il nous faut une carte.

— Et après Compiègne ?

— On va foutre le feu à la ville de Rouen, répondit La Hire à la place de la jeune fille.

Poton eut un grand vent dans la tête, rassuré par la réponse de La Hire. Anna pouvait compter sur lui. Il l'avait rejoint dans le délire. Ça faisait plaisir, ça le dégageait, lui, Poton. Il allait devoir s'en sortir tout seul. Petit à petit, il allait devoir mettre du champ entre la réalité et l'idée fixe. Toute une stratégie. À sa main.

La 504 roulait sur la nationale, feutre sur beurre. Il faudrait en changer, de voiture. En même temps, en piquer une maintenant, c'est se faire repérer à tous les coups. Xaintrailles désenclencha sa ceinture de sécurité, comme s'il fallait qu'il puisse sauter à tout moment. Mais non, pensa-t-il, tout va bien se passer. Tout baigne. Difficile de remonter. Les cognes ont l'identité d'Anna, mais ils ne savent pas où elle peut être. On va s'en tirer. On va aller se planquer dans les Cévennes. Au premier coup dur, on va repartir en sens inverse. Anna et La Hire comprendront au premier barrage, quand ils verront les herses, les barbelés, les camions de gendarmerie.

— Tiens, arrête... Voilà une station, dit La Hire.

Anna couvrit le bazooka avec son manteau en cuir.

TRANSPARENCE/SOIXANTE-HUIT/PIGS

La salle est dégueulasse, toute en béton. Ils ont prévu le coup. Rien à casser, aussi, au cas où les kids s'énervent, la seule chose à péter, c'est la scène. Tu parles d'un plan. Va falloir assurer. Je vais mettre mes pompes à bouts ferrés, le premier qui monte, je lui fais bouffer ma godasse. On a fait la balance et ça crache bien. Les retours sont un peu foireux, mais ça tiendra. Maintenant, faut attendre 21 heures, ça fait un an qu'ils ne nous ont pas revus, les Rouennais. On va leur en donner, du métal. Je n'aime pas attendre. Faut doser. Se péter, mais pas trop. La coke, il y en a plus, trop fauchés, alors faut y aller à la bibine. Moi, c'est la vodka, ça se descend bien et ça remonte à l'aise. C'est comme la toundra entre

164

les deux oreilles. J'ai l'impression que je cisaille plus, que je joue plus net, plus claquant. Polo est à peine réveillé, il commence à faire ses « exercices », sa petite gymnastique qui se termine toujours par un punching-ball avec la carrosserie du camion. Rocky se retient de ne pas lui coller une trempe, à chaque fois, lui qui préfère les cinq tonnes de son engin à nos gueules et nos egos. Bernard, je ne sais pas où il est, il doit être en train de vérifier les ventes de billets ou l'importance des réservations, ou les exos, des conneries de ce genre. Il est rapia. Avec ses sous. Pas avec sa voix. J'ai toujours peur qu'il se pète une corde vocale, remarque, j'aimerais bien entendre le bruit que ça fait.

J'aime pas attendre. Vivement le concert. Qu'on rentre sur la scène et qu'on attaque. Après, le bruit couvre l'angoisse. En attendant, j'essaye d'écrire un peu. Les prochains titres. C'est dans l'énervement que ça vient. Quoique ce soir... Plat, plat. Tiens, on va leur mettre « Denise », en rappel. Higelin. Ça cartonne toujours.

RÉEL/SOIXANTE-NEUF/LA MARCHE
VERS COMPIÈGNE

Ils avaient pris de l'essence.
Ils avaient stationné, debout, devant des tables de plastique orange. Ils avaient dégusté un café

165

immonde et tiède, dans des gobelets que la chaleur initiale du liquide avait gondolés. Anna avait acheté une carte et était partie avec La Hire s'enfermer dans la voiture pour étudier un possible itinéraire.

Xaintrailles, lui, zonait entre les étalages encombrés d'objets inutiles et clinquants. Tant de laideur et d'étroitesse d'espoir le confortait dans l'idée qu'il y avait de la décadence dans l'air. Pas celle de l'exaspération burlesque du désir, mais celle de la platitude inefficace. Et il se disait que tout pouvait flamber, que tout pouvait sauter et que cela n'avait aucune importance. La seule chose qui comptait encore, c'était la souffrance. Las du corps, fatigué de l'âme, il ne voulait pas et ne voudrait pas souffrir. Garder son intégralité. La Hire et Anna avaient une foi, celle qui anime ceux qui croient être traqués mais qui, néanmoins, croient avoir raison. Poton, lui, n'était pas certain d'être sur de bons rails. Mais il voulait encore assister à la rencontre d'Anna avec son Dieu et il tenterait de la protéger pour qu'elle ne trouvât pas un diable. Il sentait, passé dans son pantalon de cuir, derrière, sous le léger pull de laine noire, le canon tiède du Beretta. Il aimait les pistolets même si on ne les jugeait pas trop fiables. Le Beretta 76 était sublime, d'un angle parfait, sombre et, si ce n'était l'ergot, lisse et calme.

Il se sentait animé d'une force et d'un mystère

extraordinaires, devant ces gens en training, ces moustachus hagards, ces bobonnes braillardes, ces gosses à l'air mauvais qui envahissaient sans grâce et sans retenue cet horrible endroit.

Il revint vers la voiture. Les vitres étaient baissées et Anna et La Hire observaient, silencieusement, la carte routière dépliée sur leurs genoux. Poton s'installa au volant.

— Vas-y, on va te guider, dit La Hire.

Poton tressaillit, on lui avait parlé comme si on n'avait plus confiance en lui, comme si, plutôt, il se situait en dehors, comme s'il n'était plus capable de proposer une idée conforme au groupe. Il se retourna et les regarda ·

— Vous savez... Je suis avec vous, je reste avec vous...

Les autres le fixèrent sans rien dire, sans rien exprimer.

— Je persiste à croire, continua-t-il, qu'il faut que l'on vive et que pour cela il faut se planquer. Nous ne sommes que trois face à des milliards de flics.

Anna gémit.

— Tu as raison. J'ai raison. Il faut venger Gilles. C'était mon frère. Il faut aller bousiller Compiègne.

Poton regarda la route devant lui. La sortie de la station, vers la nationale. Les véhicules qui passent, en trombe. Il démarra rageusement. La 504 fit une embardée.

Il était six heures du soir.

— On ferait mieux d'attendre la nuit. On verra les barrages de loin.

La voix de Xaintrailles était trop forte pour être naturelle.

— On va passer par les départementales, dit La Hire. Prends à droite au prochain carrefour.

Poton sentit sa nuque se raidir. Ça y était. Le sprint était lancé.

RÉEL/SOIXANTE-DIX/JE-ANNE

L'autre perdu, là-haut
dans son Harrar céleste
s'est mis le genou dans l'œil
c'est lui qui dressera le bûcher
pour ma jeunesse
pour ma vieillesse
pour ma raison perdue
pour ma vraie vie
pour la fausse.
Lui seul n'est pas un Saint.

RÉEL/SOIXANTE ET ONZE/LE SIÈGE
DE COMPIÈGNE

Cela fait un bon moment qu'ils tournent et retournent et qu'ils traversent des villages sans âme, repus dans l'attente du soir d'été, groupements de paysans riches et vastement propriétaires, hameaux cossus, grosses baraques en brique et pierre, hangars immenses abritant des machines agricoles rouges et vertes. La betterave et le maïs.

Xaintrailles conduit, tendu. La Hire le guide, à travers l'écheveau des petites routes empruntées, carrefour après carrefour, embranchement après embranchement. Le soir tombe, grisaille sombre suintant du ciel. Une symbolique du déclin, le soleil ne paraît plus, tout va se passer entre chien et loup. Les loups sont là, dans la 504, les chiens sont ameutés, quelque part, prêts à renifler, à mordre peut-être.

La départementale débouche à nouveau sur une nationale. Quelques voitures passent, feux de position allumés. En, face, plus de route, un chemin de terre, avec le monticule rectiligne et herbeux au milieu.

— Qu'est-ce qu'on fait?

— Prends la nationale, sur 2 kilomètres, répond La Hire, nerveux, penché sur la carte. Après tu repars à droite…

— On est où, exactement?

— Une vingtaine de kilomètres de Compiègne…

La voiture paraît glisser, à présent, sur le macadam parfait. La longue glissade vers le drame, pense Poton. Anna, derrière, ne dit toujours rien.

169

Elle mord son poing et, dans le rétroviseur, Poton voit ses deux yeux roses braqués sur la route, cherchant, sans sourciller, à percer la nuit qui descend. Ils doublent un camion dont les bâches, à moitié défaites, claquent au vent, voiles noirs et épais. Poton pense à un film de Fellini, une autoroute sous l'orage. Un épouvantail de la route. Sur la droite, la voiture s'engage sur une petite route qui s'enfonce dans un bocage où est tapi un gros bourg. La petite départementale serpente entre des masses feuillues et noires, puis semble remonter sur le grand plateau nu, vers les immenses champs de betteraves.

Après avoir dépassé la dernière maison, Poton, instinctivement, ralentit, et aborde la légère montée avec circonspection, comme si, à chaque courbe, la voiture inspectait tout ce qui pouvait se trouver plus loin.

Parvenu en haut de la côte, la voiture à bas régime, La Hire s'impatientant, au moment où la route va aborder, à découvert, la large plaine, Poton freine brusquement. La Hire manque de s'encadrer le pare-brise. À toute vitesse, Poton enclenche la marche arrière, la voiture glisse à reculons, Poton freine à nouveau, la voiture patine et repart en avant, sur un chemin de terre, à couvert sous les arbres.

— Qu'est-ce qu'il te prend ? demande La Hire.

— Les flics, plus haut, hurle Poton qui sort du véhicule, saisissant son pistolet.

170

Sans hésitation, Anna et La Hire le suivent, sans bruit, sans faire claquer les portières. La 504 ronronne toujours. Ils grimpent un peu dans le sous-bois et parviennent facilement à l'orée de la petite forêt. Devant eux, les grandes étendues vertes, à la couleur éteinte par la nuit, la route étroite. Un grand champ de maïs, de l'autre côté. Et deux véhicules. Une grosse camionnette bleu sombre et une R 12, de la même teinte. Leurs phares sont en code. Deux gardes mobiles, un peu en avant sur le bord du champ. Dans la pénombre envahissante, un gradé est planté au milieu de la route. Dans la R 12, deux hommes sans képi. Des civils, sans doute.

On n'entend que le bruissement des feuilles sur les épis et, plus faiblement, le long de légères rafales de vent, la radio couinant à l'intérieur de la camionnette.

— Ça doit être partout pareil, dit Poton, à voix basse. Ils ont compris. Ils sont persuadés que Compiègne, on va y aller...

— Faiblard, le barrage, quand même, émit La Hire.

Xaintrailles se retourna vers Anna :

— Bon. Qu'est-ce qu'on fait?

— Après, il doit plus rien y avoir. Sur cette route, ça doit être le seul obstacle... Il faut le passer.

— Et on ressortira de Compiègne par où?

— On abandonnera la bagnole. Repérée. On

prendra le train. On se séparera. On va se servir du bazooka. Il me faut, pour après, deux roquettes. Ici… On peut en griller une… Venez, on a encore le privilège de la surprise.

Ils revinrent à la voiture. La forêt était totalement silencieuse. Le seul bruit d'animal que l'on entendait était le ronflement de la 504.

— Poton, tu conduis, je passe derrière, dit La Hire. Je prends le bazooka, je connais, j'ai fait ça à l'armée…

Anna observa ses deux compagnons. Il faisait presque nuit, dans ce sous-bois. Leurs visages blancs d'impatience et de peur luisaient dans l'obscurité. Puis elle les embrassa tous les deux tendrement.

— Quoi qu'il se passe, si jamais on est amené à se séparer, on se retrouvera dans un lieu neutre. Paris. La Gare de Lyon. Le Buffet Arrivée. 14 heures. On attend chacun au moins une semaine, à partir de demain. Prenez vos munitions. Il faut jeter ce qui ne nous servira pas. Pas de papiers d'identité. L'essentiel uniquement. Ça retardera les flics au cas où.

Sans parler, fiévreusement, ils mirent quelques objets personnels dans la valise de Pontoise et la jetèrent ensuite dans les fourrés. Poton s'installa au volant. Anna, devant, baissa complètement la vitre de son côté. Ils fermèrent les portes sans bruit. La Hire décoinça le bazooka d'entre les sièges arrière et le passa, en biais, par la vitre avant. Il enclencha une roquette par l'arrière de l'engin. Le reposant sur le siège d'Anna et le passant par la fenêtre, il put baisser toutes les vitres du véhicule.

— OK, je suis prêt. Arrivé face à eux, Poton, tu braques à gauche et tu piles pour que je puisse aligner le camion.

— Après, je canarde les flics dans la bagnole, reprit Anna, le P .38 posé sur ses genoux. Poton, dès que j'ai tiré, tu fonces…

— Compris.

Poton serrait les dents à s'en briser les mâchoires. Il avait envie de crier, mais l'imminence de la bagarre lui éclaircissait la tête. Tout paraissait net et précis, et le monde sournois de l'inactivité était loin derrière, loin derrière.

Il mit la marche arrière et dégagea lentement la voiture des ornières du chemin.

La 504 retrouva le macadam et le glissement feutré des roues sur le goudron. Lentement, tous feux éteints, elle remonta, encore cachée, gravis sant la dernière pente.

Puis, comme sur un dos d'âne, elle sauta sur la plaine. Devant, cent mètres plus loin, le barrage.

— Mort aux rosbeefs ! cria Anna.

Poton accéléra sur vingt mètres, puis pila sur la gauche. La voiture s'immobilisa en biais sur la route ; La Hire visa et tira. Un coup sourd écrasa les oreilles d'Anna et un souffle brûlant remplit la voiture. La camionnette bleue, touchée de plein fouet, eut comme un éternuement et explosa, son réservoir d'essence alimentant immédiatement l'incendie. Le gradé avait déjà été projeté par le souffle dans le fossé. Poton redémarra et fonça. La Hire lâcha le bazooka et s'arma de son Beretta. Il tira deux fois sur les gendarmes qui se jetèrent, paniqués par le soudain des choses, dans le champ de maïs. La 504 traversa des plaques de feu autour de la camionnette éventrée. Anna tira trois coups de feu sur la R 12. Poton eut les oreilles à moitié arrachées par le claquement de l'arme derrière son crâne. Il appuya à fond sur l'accélérateur. Il perçut, à travers la sono que faisait, bourdonnant, le sang dans sa tête, encore un claquement. La Hire avait encore tiré, par la portière arrière.

Devant, la route, libre, s'enfonçait dans le gris foncé.

— Youpiii ! hurla La Hire, on est passés !

Anna scrutait ce qui se passait, derrière, sur la route. Devant les flammes, elle vit des silhouettes s'agiter. Elle sortit le chargeur de son P .38 et remit trois balles.

Poton avait la chair de poule. Il essayait de maintenir son attention sur ce qu'il y avait devant lui, la route, la nuit, mais pensait plutôt à ce qu'il y avait devant eux, l'accident, la mort, la prison. Il roulait tous feux éteints et avait du mal à distinguer la trace légèrement plus claire que pouvait faire la route. Par deux fois, il mordit la terre du bas-côté et la 504 tangua dangereusement.

Anna regarda une nouvelle fois derrière. Rien que l'obscurité.

— Ralentis, dit-elle, il vaut mieux…

Poton leva le pied et se concentra sur le déchiffrement de ce qui apparaissait devant lui, le ruban à peine plus laiteux du macadam, le mur plus sombre des maïs. La Hire, toujours tourné vers l'arrière, la tête ébouriffée par le souffle entrant dans la voiture, vit, tout à coup, deux phares percer la nuit.

— Y a une bagnole, qui suit.

— C'est la R 12, dit Poton. Si on n'allume pas, ils vont vite nous coller.

Il braqua furieusement et la 504 cogna contre la dénivellation du fossé et pénétra dans le champ de maïs. Poton accéléra, allant droit devant lui, aveugle. Les épis claquèrent contre la carrosserie et les feuilles crissèrent sauvagement. Malgré la nuit, ils virent l'épais nuage terreux soulevé par les roues de la voiture labourant le champ. La 504 pénétra un mur mou, vivant, craquant. Dans le crépitement sinistre des tiges écrasées, La Hire cria, victorieux : les poursuivants étaient passés, sans les suivre, il avait vu la lueur jaune des phares passer devant la plaie ouverte dans le champ. Ils continuèrent ainsi, les yeux exorbités, priant pour que le champ soit bien plat, pour qu'il n'y ait pas de fossé trop profond. De temps en temps le véhicule s'aplatissait dans des ornières invisibles et la poussière entrait de plus belle par les fenêtres ouvertes.

Au bout de trois longues minutes, ils débouchè-rent dans un champ de betteraves. Ils stoppèrent. Poton coupa le moteur et sortit de la voiture. Il regarda, derrière lui, la béance dans le végétal. Trou noir sur fond noir. La nuit était à présent complètement tombée. Poton écouta, attentive-ment. Il n'entendit qu'un vrombissement lointain. Sur sa gauche, une lueur délimitait encore l'incen-die de la camionnette. Il remonta dans la voiture.

— Rien, dit-il. Pas de bruit. Avec la nuit, je ne vois pas de route. Il faut aller tout droit, on va bien tomber sur un chemin ou sur une route…

Il remit le véhicule en route et s'enfonça dans le champ.

La Hire ouvrit sa porte, regardant sous lui, cherchant les traces plus claires d'un chemin. À force, la nuit étant lumineuse, leurs yeux s'habi-tuèrent à l'obscurité et ils purent apercevoir les contours du champ. Ils repérèrent surtout le large chemin de terre venant face à eux. La 504, comme soulagée, s'y engagea.

— De quel côté ? demanda Poton.

— À droite, dit Anna. Arrête-toi au bosquet, plus loin…

Xaintrailles mena la voiture jusqu'à un petit amas d'arbres et de fourrés. Il y fit pénétrer le véhicule. Ils sortirent, évitant de faire claquer les portières, et marchèrent un peu sur le chemin.

— Nous ne sommes pas trop loin. On va bien voir ce qu'ils vont faire.

Au fond, des lumières. Compiègne.

— À mon avis, déclara Poton avec circonspection, voulant cacher son angoisse, il faut vite partir en sens inverse. La R 12 va donner l'alerte. Ils ne vont pas lâcher. Un bazooka. Ils vont bétonner tous les abords de Compiègne, de ce côté…

— On va passer par l'autre, répondit Anna. On va contourner. Elle avait la carte routière à la main. Elle revint vers la voiture, avec La Hire. Une faible lueur éclaira l'intérieur de la 504.

Poton alluma une cigarette, pour se détendre. Ses mains tremblaient. Il renifla longuement et regarda la nuit, écoutant le bruit de fond, sourd et épais, qui enveloppait les environs. Subitement, ce grondement imperceptible sembla se hacher, parut cliqueter, se déchirer. Un hélicoptère.

Il fonça vers la voiture en hurlant :

— Un hélico !

La Hire sortit en trombe et écouta la nuit.

— Ils ont fait vite !… Tu le vois ?

— Non. Mais faut se barrer. Ils vont ratisser le coin.

Ils aperçurent alors, ensemble, les feux clignotants de deux appareils. Un sembla se poser sur le lieu de l'explosion. L'autre resta un moment au-dessus, puis s'avança un peu vers le Nord. Un puissant phare s'alluma devant l'hélicoptère, le guidant le long de la route.

— Ils vont voir l'endroit où l'on a bifurqué, dit La Hire. Faut y aller.

Anna sortit elle aussi de la voiture.

— Anna, reprit La Hire, plus question de continuer vers le Nord, il faut décaniller d'ici !

— J'ai repéré une route, répondit-elle, OK… On repart vers le Sud et on remonte après.

— Si on peut !

— Il a trouvé ! hurla Poton montrant l'hélico obliquant à angle droit et fonçant vers eux, le phare balayant le champ de maïs. Ils grimpèrent en vitesse dans la 504.

— Je prends le volant, dit La Hire à Poton. Passe derrière avec Anna.

Il manœuvra pour remettre la voiture en sens inverse. Le phare de l'hélicoptère balayait le champ de betteraves.

— Vite ! hurla Poton. Fonce vers le bois, là-bas !

La voiture démarra en trombe et, cahotant furieusement sur le chemin de terre, prit de la vitesse.

— J'y vois rien ! cria La Hire.

Le phare de l'hélico les traversa. Comme un flash. Anna se pencha, l'arme à la main, regardant le ciel. Le vrombissement de l'hélicoptère couvrait le ronflement du moteur de la 504. Le phare revint sur eux. Anna tira, trois fois. Curieuse impression de manque de détonation. La Hire accéléra encore. La voiture faisait des embardées imprévisibles. La Hire braqua et le véhicule traversa un champ pour aller plus rapidement vers le bois. Les trois jeunes gens, tendus et silencieux malgré la furie environnante, valsaient de tous côtés. À nouveau, sur eux, le phare. Le rugissement de l'hélico, strident. Un claquement de métal déchira la carrosserie. Poton vit le toit de la voiture s'ouvrir sous l'impact de projectiles invisibles. La 504 fonça dans le bois, passa à travers une épaisse futaie, percuta deux arbustes et s'arrêta. L'hélico passa au-dessus d'eux, comme un bourdon aveugle.

La Hire gémissait.

— Vite, émit-il, barrez-vous ! À pied ! Je les sème. On se retrouve comme prévu…

— Pas question, dit Anna.

— Bordel ! Allez-y ! hurla La Hire.

L'hélico était passé et tournait plus loin. Poton alluma le plafonnier. L'épaule droite de La Hire était enfoncée, pleine de sang.

— La balle est quelque part en moi, dit-il. Anna… Je t'en prie. Je t'aime. Sauve-toi.

— Pas question ! cria-t-elle.

La Hire, de sa main gauche, mit le canon de son Beretta sur sa propre tempe.

— Anna… J'ai mal. Si tu ne te barres pas, je me fais sauter la calebasse…

Anna hésita, puis, lentement, lui prit la tête, et lui donna un baiser sur la joue, doucement. La Hire pouvait à peine remuer et pleurait sans bruit.

— Salut Jeanne ! ricana-t-il.

Poton et Anna sortirent du véhicule et franchirent avec peine le roncier, à leurs pieds. À ce moment, La Hire passa la marche arrière et, avec fracas, revint dans le champ. La voiture vira et reprit sa course en sens inverse.

Poton entraîna Anna dans le bois, la tirant par la main. Il la força à courir. Les arbustes les gênaient dans leur progression mais ils débouchèrent de l'autre côté du bosquet sur une route déserte. Une route. Si près.

— C'est trop con, dit-elle.
— Allez, viens !

L'hélicoptère était revenu sur la 504 qui, phares allumés, fonçait à travers champs. Elle reprenait le chemin quand l'appareil arriva juste au-dessus d'elle. Il y eut deux déflagrations et la voiture explosa dans une gerbe de flammes. Des portières volèrent, fauchant le champ. Le feu crépita sur la carcasse noircie et le vent projeté par les pales de l'hélico planant au-dessus d'elle, aplatissait, à ras de terre, la fumée noire et âcre. L'appareil se rapprocha encore et se posta, insecte monstrueux guettant sa proie, juste devant le brasier. À l'intérieur de la voiture, les deux roquettes explosèrent ensemble. L'hélico, touché par les éclats, s'écrasa, de dix mètres de haut, sur les betteraves.

Le Commissaire Divisionnaire, oubliant son titre, avait eu juste le temps de pouvoir s'endormir, miné, fatigué, sans âme, quand la stridence du téléphone l'avait sorti du lit. Toute sa chair fripée s'était déplacée, tout l'effort se portant dans le glissement délictueux de deux pantoufles sur le parquet impeccable.

— Allô?

— Raynal. Excusez l'heure, Commissaire. Ça y est, ça a cartonné. À Compiègne.

— J'écoute.

— C'est une vraie guerre, Monsieur. Impensable. Ils ont attaqué un barrage de gendarmes, sur une petite route, au bazooka…

— Hein? Au bazooka?

— Ouais. Incroyable.

— Pour ce qui est des armes, rien n'est incroyable dans notre beau pays, j'attends fermement le jour où des braqueurs auront un tank. Oui, alors?

— Ils ont franchi un barrage en tirant sur un camion de gendarmerie : deux morts, deux blessés. Des policiers du SRPJ d'Amiens les ont pris en chasse et les ont perdus. Mais ils ont donné l'alerte rouge. Par chance, l'hélico de la gendarmerie n'était pas loin, deux kilomètres, et, sur place, ils les a vite repérés. Ça a canardé et leur voiture a été grenadée, mais elle devait être bour-rée d'explosifs ou d'autre chose, et l'empaffé de pilote s'est approché trop près, la bagnole a explosé. Résultat, l'hélico s'est planté. Deux blessés. Un grave.

— Et eux ?

— L'équipe est sur place. Ils comptent les morceaux et essaient de reconstituer. Si je puis me permettre…

— Très bien. Tenez-moi au courant. La Presse est sur place ?

— Je pense.

— Faites en sorte qu'ils aient tous les détails. Ah oui, recontactez le SRPJ de Rouen et la bri-gade de Cambrai. Qu'ils maintiennent les bar-rages au moins encore deux jours. On ne sait jamais.

— Bien Monsieur.

Chasseguet raccrocha et alla s'asseoir au bord de son lit. Il aurait aimé que sa femme lui demande, comme toujours, des explications. Il aurait pu lui répondre d'une manière officielle. Mais Madame était en cure, avec d'autres peaux de son espèce. L'espèce ridée. La famille des déformés.

Il était à présent tout à fait dérouillé et réveillé. C'était une belle fin. Équitable. Des morts de chaque côté. Une belle violence. En dehors des réalités adolescentes, en dehors des possibilités objectives que peuvent avoir tous ceux qui ont mal à leur peau, mal à leur famille, mal à leur école. L'investissement ne se fera que dans l'irréalité. C'est très bien. Le groupe Rimbaud, on en parlera longtemps, mais il ne fera pas de petits. On mettra le paquet sur l'enquête. D'où venaient les armes, quelles sont les complicités et tout le bordel. Petit à petit, ça en enlèvera, de la beauté. Et tout redeviendra gris…

Quand même, c'est étonnant, cette constance. Compiègne… Ils perdent un acolyte à Paris et puis, Compiègne. Jeanne d'Arc, blessée à Paris, capturée à Compiègne. Prisonnière à Cambrai… Brûlée à Rouen…

Apparemment, continua de penser Chasseguet, ils ne sont pas arrivés au bout de l'Histoire.

RÉEL/SOIXANTE-TREIZE/ANNA

Anna geignait. Dans sa course boiteuse, son genou lui faisait mal. Mais elle serrait les dents et se concentrait pour essayer de courir le mieux et le plus vite possible. Ils étaient revenus à couvert, dans le bois. Il n'y avait plus de fourrés, mais les troncs d'arbres étaient resserrés et très proches les uns des autres. Dans le noir, Poton courait les mains en avant et Anna, l'agrippant par la taille, le suivait en gémissant. La tension demeurait trop forte, l'importance déplacée et démesurée de ce qui venait de se passer empêchait la jeune fille de se plaindre de la mort de La Hire. Ils avaient entendu les détonations, le fracas des chutes de métal et il ne faisait, en eux, aucun doute que La Hire était aux mains des bourguignons, corps meurtri ou corps sain, ce n'était pas le moment d'essayer de le savoir.

En courant ainsi à l'aveuglette, Poton supposait que, maintenant, Anna était mûre pour la fuite. Avec lui. Les flics, ne trouvant qu'une seule présence dans la voiture, devraient bientôt se douter que l'attaque qu'ils avaient subie ne pouvait venir que d'une seule personne. Le piège se remettrait en place. Nasse d'acier.

Il fallait trouver une voiture, le plus vite possible. Les kilomètres parcourus seraient autant de liens de moins avec l'officialité.

Ils débouchèrent de la forêt. Devant eux, sous la lune, une petite route traçait la terre. À découvert. Plus loin, un hameau. Deux maisons, des lumières allumées. Des gens, dehors, semblant regarder le brasier, plus loin, sur la plaine, derrière les arbres.

— Laisse-moi faire, dit Poton.

Il courut vers les gens, traversant le remblai. Une grosse femme venait, tanguant sur la route, à sa rencontre. Et deux gosses, deux garçons.

— Quelqu'un a une voiture, ici ? cria Poton.

Un des jeunes garçons le regarda, stupéfait, épouvanté.

— Ouais, là-bas, à la ferme. Mon père…

Poton prit Anna par la main. Il sourit, comme soulagé, au garçon.

— Vite ! Accompagne-moi !

Ils passèrent devant la femme silencieuse et suivirent en courant le garçon soudain pris de frénésie.

— Papa !

Un moustachu en chemise à carreaux. Poton se rua sur lui.

— Il y a eu deux accidents là-bas. Un hélico-ptère s'est écrasé. Il y en a un autre mais il y a trop de blessés. Il faut m'accompagner à l'hosto. Ma femme a reçu un éclat de ferraille sur le genou. Vous pouvez nous accompagner ?

— Mais…

— Pendant ce temps, continua Poton, ne lais-sant pas réfléchir l'homme, est-ce que quelqu'un pourrait prévenir le SAMU ou les pompiers ?

— Oui, mais…

— Vite ! Je vous en prie, Monsieur ! Vite !

Anna éclata en sanglots. Tant mieux, pensa Poton.

— Par là ! Venez… marmonna le type.

Le moustachu partit vers l'intérieur d'une cour de ferme.

Une R 5.

— Chérie ! Téléphone aux pompiers ! Qu'ils préviennent l'hôpital. Je les accompagne !

Une femme se rua à l'intérieur d'un des bâti-ments. Va pas trop vite, pensa Poton. Moins le téléphone marchera, plus nous aurons de chances, et tu t'en tireras sans un coup de revolver, chère petite madame.

Anna s'engouffra dans la R 5, Poton se glissa devant et la voiture sortit en trombe de la ferme, tournant sur la droite. Elle dévala la petite route à fond de cale. Je le laisse rouler un kilomètre, se dit Poton.

— Qu'est-ce qui s'est passé? D'où vous venez?

— Je ne sais pas. On était en voiture et on a vu un hélico faire le con avec une autre bagnole, devant nous. Ils se sont percutés...

— Mais il n'y a pas de route, là où ça flambe!

— Freine, arrête et descends. Doucement, répondit Poton lui appliquant le Beretta sur le mou du cou.

Le type blêmit, freina progressivement et stoppa la voiture.

— Je...

— Ta gueule! le coupa Anna. Calte!

Le moustachu s'expulsa de la R 5. C'était Anna qui, maintenant, le maintenait en joue.

— Il va prévenir... dit-elle.

— Non! gémit Poton. Assez de morts, Anna...

— Écoute-moi, dit Anna au moustachu. Ta bagnole, t'iras la rechercher à Cambrai. Sur la Place de la Mairie. Sans problème. En contrepartie, tu la fermes. D'accord?

Le paysan opina, sans voix.

Poton démarra sur les chapeaux de roues.

— Direction Paris! cria Anna qui se mit à rire puis qui se mit à sangloter. Ensuite elle cria. Et hurla. Elle injuria le monde. Ses yeux ruisselaient. Elle insulta la vie, la nuit, La Hire, Gilles, les Anglais, son genou. Elle traita Jeanne d'Arc de sale pute et Rimbaud de sale traître.

Poton conduisit dans un flot de cris et d'imprécations qui se mélangèrent, dans sa tête, au bruit de son cœur battant la chamade et au ronronnement du moteur maltraité.

Et à l'épaisseur de la nuit.

Des phares, plusieurs rangées de phares les uns derrière les autres trouèrent l'obscurité, loin devant. Deux feux rouges aussi. Poton accéléra et colla à la voiture qu'il avait rejointe. En face, une suite de véhicules de la Gendarmerie arrivaient, tous feux allumés, se hâtant vers le lieu de l'explosion. Ils croisèrent la R 5 dans un feulement régulier et une pluie de gravillons.

Poton soupira et regarda Anna. Elle s'était tue, la tête renversée en arrière. Il remarqua qu'elle avait gardé son P .38 braqué devant elle.

— Tout va bien. On s'en est tirés, lui dit Poton.

— On va à Rouen, répondit-elle, regardant le plafond gris de la voiture.

Trois rappels. Un must. En plus, il n'y a pas eu
de bagarre. Un peu de danse-gnon, mais pas de
quoi s'affoler. L'énergie, uniquement. Le rock.
Le meilleur qu'on a descendu depuis longtemps.
Bernard était complètement plombé. Il est descendu dans la foule et s'est fait gentiment tabas-
ser. Polo et Rocky sont allés le chercher. Moi,
tout seul, à la gratte, je leur ai fait du riff d'enfer,
genre atterrissage de Boeing. Quand ils sont
revenus sur scène, on a redémarré illico un boo-
gie turbo. Le triomphe. Bernard, en sang, n'a
jamais chauffé pareil. L'hypnose.

Après, plombé comme j'étais (bruit et fureur),
je suis parti tout seul chez Fifi, une copine de
Rouen. Une ancienne. Y'avait une fête, chez elle.
Des nanas super, et Fifi sanglée dans du cuir vert,
avec rien en dessous.

Polo est arrivé, plus tard, avec Bernard. Ils
avaient fait une petite tournée et m'avaient l'air
bien plumés. Fifi a viré tout le monde et on a ter-
miné à quatre. Pas mal. Trois grammes de coke.
On a décidé de ne plus dormir jusqu'à la troisième
guerre mondiale. Fifi nous a fait un strip d'enfer.
Ça, et la suite, nous a complètement empêchés de
dormir.

Trois heures du matin. Chasseguet venait d'apprendre. Un des tueurs de Rimbaud était mort. Inconnu au bataillon. Ne correspond pas aux divers signalements. Sauf à cette histoire de cotte de mailles racontée par le garçon de café. Démembré par l'explosion, la cotte de mailles, noircie par le feu, ayant gardé en elle le thorax intact de l'homme. Ce sont toujours les détails scabreux qui évacuent l'idée de mort, pensait Chasseguet.

Deux autres suspects, dont une jeune fille, avaient piqué une voiture et avaient laissé le nom de Cambrai comme piste. Une jeune fille Anna Slovic. Sûrement.

Chasseguet avait donné tout pouvoir à Raynal en lui rappelant, quand même, de ne pas oublier Rouen.

La fin était proche. Le bûcher n'était pas loin.

Chasseguet avait envie de vomir.

Il en avait définitivement assez de tous ces jeunes qui restaient opiniâtrement jeunes.

Lui qui, vieux, devenait vieux. Immensément vieux. Par envie et par ennui.

Il se recoucha et, en chien de fusil, sa tête déplumée grattant l'oreiller, chercha le sommeil.

Ils repassèrent par Luzarches, Beaumont et Pontoise, plus d'une heure de route pendant laquelle Anna n'avait pas cessé de sangloter silencieusement, se tordant les mains, regardant la nuit sans la voir, ne cherchant ni la présence, ni le réconfort, ni la parole de Poton.

Ils s'arrêtèrent dans une station-service, déserte, rose et bleutée dans l'ombre, clignotante et glacée. Ils firent remplir le réservoir de la R 5. Anna a sorti des billets fripés de sa poche, encore une fois.

Pendant que le pompiste allait chercher la monnaie, Jean Poton regarda la jeune fille à travers la vitre : elle ne pleurait plus, éclairée par intermittence, son visage s'était fermé, buté.

Le type revint et Jean lui donna un pourboire, quitte à ce qu'il ne regarde pas trop méchamment la voiture. Il se remit au volant. En entrant dans le petit monde germé de l'intérieur du véhicule, il eut l'impression de pénétrer une masse épaisse et compacte de désespoir. Il démarra en douceur, guida la voiture sur la nationale et se gara aussitôt.

— Qu'est-ce que tu fais ? demanda Anna, tendue.

— Écoute, Anna. Nous ne sommes pas très loin de Paris. Allons-y. On s'y cache. Je prends

190

tout en main. Puis on va se faire oublier dans le Sud.

— Pas question.

— Mais c'est la seule sortie qu'on a!

— Tu ne me demandes pas si j'en ai envie de ᴄette sortie? hurla-t-elle.

Poton, abattu, ne répondit rien. Anna le regarda, et, subitement calmée, lui parla. Voix voilée. Dangereuse.

— Comprends-moi. Écoute-moi. Je ne suis ni folle ni naïve. Je sais ce que je veux faire, moi. Toi, tu es libre. Je te laisse là. Tu me laisses vivre.

— Ou mourir!

— Ce n'est pas la mort qui me fait peur, c'est la disgrâce.

— Arrête avec ça! Ça ne veut rien dire! Tu dis n'importe quoi!

Anna ferma les yeux et égrena calmement, avec une infinie précaution, des mots. Des mots qui firent trembler Xaintrailles:

— Je sais ce que je dois faire. J'ai tout commencé, je terminerai de la même façon. Je t'aime. Comme j'aimais Gilles et La Hire. Je ne t'aimerai pas plus, maintenant qu'ils ne sont plus là. Je t'aimerai de la même façon qu'avant, et je n'ai qu'une seule possibilité pour cela: c'est de rester ce que je suis devenue... S'il te plaît, Jean, ne deviens pas bourguignon.

— Bordel! cria Poton.

Il redémarra, remit avec violence la voiture sur le macadam.

— Direction Rouen! hurla-t-il. En avant! Cauchon! Nous voici!

Anna le dévisagea et rit. Poton la regarda plusieurs fois, et, contrit, lui sourit tendrement.

— Vérifie mon pistolet, dans ma poche...

IRRÉEL/SOIXANTE-SEIZE BIS
TONINO BENACQUISTA

Tu parles d'un bled. Boos. Faire le pied de grue, attendre. Moi, je fais la nuit pendant trois tours. Trois nuits de suite, radio ouverte, prêt à tout. Guetter. Repérer. Une R 5, qui doit être partout en France. Les résidus de Jeanne d'Arc. Une R 5 grise, tu parles d'une merde, voir ça la nuit. Une R 5 grise! Au secours! Mais il y en a cent cinquante millions de R 5 grises. Toutes les routes d'accès vers Rouen sont bétonnées. Dès que je vois les suspects, hop, la radio et la chasse commence, la brigade anti-gang et les gugusses du GIGN. Les cons. L'armée. Ils s'y croient vraiment, c'est John Wayne en pleine action. Je n'y comprends pas grand-chose à ces merdes, Jeanne d'Arc et compagnie. Ce qu'en disent les journaux ne correspond pas tout à fait à ce qu'en dit le chef. J'ai l'habitude. Le chef, il m'a dit plusieurs fois que j'avais trop tendance à vouloir me cultiver et que, si ça continuait, j'allais finir bibliothécaire à la maison de retraite de la Police. Mon chef, je l'emmerde, pour lui, je ne suis que le rital, et lui, question culture… Si on lui dit « le monde sera beau », il comprend « le monde ce rabot ». Genre. Mais l'ordre est venu de Paris. Le filet. Bloquer Rouen. À vos ordres. Une R 5 grise. C'est dans cette caisse de mimiles que les tueurs arrivent.

Il est 5 heures. À 8 heures, De Vega vient me remplacer. L'Espingoin, il ne dit jamais un mot. Moi, je l'aime bien. On l'appelle le poète. L'O.P. De Vega. Porca miseria, ma che burla !

RÉEL/SOIXANTE-DIX-SEPT/LE PROCÈS

Ils roulèrent toute la nuit. Poton s'appliquait, plissant les yeux quand de rares voitures, venant de face, les éblouissaient. Anna, machine déréglée, somnolait, se réveillait, éclatait, sans un mot, en sanglots. Elle sortait alors son P .38, le frottait nerveusement avec son mouchoir, le repassait dans sa ceinture, allumait une cigarette, baissait la vitre, humait le dehors, jetait rageusement son mégot et se rendormait pour un court moment.

Poton guettait le rétroviseur et, dès qu'il voyait des phares derrière lui, il ralentissait ou accélérait, essayant de remarquer si une autre voiture calquait son allure sur celle de la R 5. Mais rien de particulier ne se passa.

Après tout, les flics étaient peut-être en train d'écumer Cambrai. La chance et le bon sens d'Anna leur donnaient encore une petite longueur d'avance. Qu'allait-elle vouloir faire à Rouen. Brûler quoi ? Se brûler elle-même.

Anna alluma, une nouvelle fois, une cigarette.

— Ça va ? demanda Poton.

— Je t'aime, répondit-elle.

— On va arriver à Rouen… C'est quoi, le programme ?

— Rien. N'aie pas peur. Je vais déposer mon arme sur la place où a été brûlée Jeanne. Avec un texte. Qu'ils retrouveront, où ils apprendront que, de notre côté, c'est fini, qu'ils sont baisés, qu'ils ont tué deux personnes pour rien, qu'ils ont perdu… T'as remarqué la coïncidence ?

— La coïncidence ?

— Oui. Jeanne et Rimbaud sont deux adolescents. Deux mythes. L'une, en deux ans, quitte ses moutons, remplace le Roi à la tête de ses troupes, délivre Orléans et meurt, martyre et sainte, sur un bûcher, supplice qui inaugure celui de ses ennemis, après le procès le plus idéal de l'Histoire. L'autre ouvre, en une courte œuvre, la brèche la plus importante dans la poésie. L'une commence par le commerce des armes, elle boute les Anglais hors de France, et finit dans le refuge de l'âme, Dieu l'assistant dans son supplice solitaire. L'autre commence par un voyage dans l'âme, et se réfugie ensuite, muet et malade, dans le commerce des armes, au sens propre du terme.

Poton ne dit rien, stupéfait de sentir sa compagne dans un tel voyage intérieur, étonné par la teneur désuète et rigide de ses propos. Anna, peu après, reprit, d'une voix sourde, son monologue irréel .

— Un contraire hallucinant. C'est la voix de Rimbaud qu'elle a entendue, Jeanne. La voix d'Arthur qui lui disait : « Vis ! Jeanne, vis ! Quitte ta vie de merde ! »

— Dis-moi… Tu m'appelles Poton de Xaintrailles… Qui c'était au juste ?

La voiture roula un bon moment avant qu'elle ne se décide à répondre. L'aube les rattrapait. Une vague grisaille commençait à embuer le rétroviseur. Les loups rentraient, les chiens montreraient, bientôt, leurs groins humides.

— Un noble. Jeune et beau. Cultivé. Égoïste. D'une violence rare.

— Et je suis comme ça ?

— Oui. Je le crois. Tu ne m'aimes pas vraiment. Pas comme La Hire, du moins. Toi, tu te sens enchaîné. Tu m'aides mais tu ne m'aimes pas. Peut-être penses-tu que je suis folle…

— Anna !

— Arrête-toi. Je ne me sens pas bien.

Poton freina et gara la R 5 cahotante le long de la nationale. Un panneau indiquait le prochain village, Fleury s/Andelle et Rouen, à 30 kilomètres. La fin d'une maladie dans trente bornes, pensa Poton. Comment peut-on sortir d'une folie ? Que devient-on ?

— Qu'est-ce que tu as ? Tu es malade ?

— Non… Je pressens le malheur et la douleur. Mon genou me fait mal. Le temps va changer. Mon temps. Mon espace…

Anna, les yeux clairs, les mâchoires serrées, prit la tête de Xaintrailles à deux mains. Elle le regarda profondément, vissant ses yeux dans les siens.

— Je ne t'aime pas non plus, Poton. Je suis perdue. Mais tu es le seul que je regarde sans penser à la grosse table de bois, aux gueules avinées de mecs bandants et bavants, leurs sexes dressés, enserrés dans leurs jeans dégueulasses, leurs haleines de bière. Les hommes, c'est ça, au fond… Que ça… Malaxant les poitrines, ils croient façonner l'âme. Ils ont payé, un peu. Pas assez à mon goût… C'est pour cela que je ne t'aimerai vraiment jamais, tu es quand même un homme, Poton… J'ai envie de t'embrasser.

Elle pressa sa tendre bouche sur celle du jeune homme, puis ouvrit ses lèvres, touchant de sa langue celle de son compagnon. Au bout de ce long baiser de paix, elle lui demanda de repartir :

— Allez, on y va. Bientôt la délivrance. Je veux lever le siège, moi aussi…

7 h 30. On vient juste de partir, on doit être vers midi du côté de Reims. Rocky a tout rangé, comme d'habitude, et il est venu nous chercher chez Fifi. La tronche qu'il faisait, voyant le carnage. Y en a un au moins qui ne devra pas roupiller, il faut conduire la camionnette, il a dit. On lui a tous répondu que c'était ses oignons, qu'il n'avait qu'à se démerder pour trouver un pékin, qui la conduirait, la camionnette, et que c'était comme ça, que nous on était des artistes, et que si il n'était pas content, il était vidé. On a dit ça en rigolant. Lui, il ne rigolait pas. Il s'est mis à hurler, il nous a fait peur ce con, et il a dit que s'il était vidé, nous, avec nos gueules d'entrepreneurs moloch, on pouvait pointer illico à l'ANPE. Alors, on lui a fait des bises, on lui a dit qu'il avait raison, que c'était notre nerf de guerre, que, sans lui, on était paumés et tout le tralala. Mais ce mec, rien ne l'atteint. S'il voyait une bombe H lui tomber sur la gueule, il soufflerait en l'air pour ralentir sa chute et la gauler en plein vol.

Fifi ne nous a même pas vus partir. Envapée, moite, allongée à poil sur la moquette. Pétée. Moi, je ne suis pas mieux. La casquette en plomb. Quelle nuit ! Ça, c'est du rock ! Mais c'est moi qui vais conduire, je suis encore le seul qui a les yeux en face des trous, et qui ne va pas confondre le volant avec un abat-jour. Polo et Bernard, on dirait qu'ils ont vingt ans de plus, le look 45 balais, une petite fête et deux mois de repos pour la récup.

J'ai failli claboter quand je me suis aperçu qu'il y avait une bouteille de gin renversée sur l'étui de la Strato. Je n'ai tué personne, car c'est peut-être moi qui ai fait ça. Va savoir. Peut-être quand Fifi a voulu faire une course en sac. À deux, à poil, dans un sac poubelle. Chronométré. C'est Polo et elle qui ont gagné. Polo, il était dans un sacré état. On pouvait hisser le drapeau.

DIEU/SOIXANTE-DIX-NEUF

Le gros morceau d'Interspace 3 devrait faire sa rentrée dans les premières couches de l'atmosphère à 8 h 17 (7 h 17 GMT), ont annoncé hier soir, peu après dix-neuf heures, les spécialistes du CNES (Centre national d'études spatiales). Cette rentrée devrait avoir lieu sur l'orbite de 7 h 48, passant au Nord du Canada, l'Atlantique Nord, l'Écosse, la France Nord, l'Italie du Nord, etc., et l'Océan Indien. Les spécialistes du CNES se refusaient toutefois à fournir une quelconque indication quant à la zone précise du globe au-dessus de laquelle elle aurait lieu.

(dépêche)

7 h 30. Le jour s'était levé, péniblement.
L'O.P. Benacquista s'étire, une fois de plus, à
l'intérieur de la 504 banalisée. La vie est une
tranche de mauvais goût dans la bouche, un cendrier rempli de mégots, du skaï moite et collant.

La R 5 grise le croisa, fantomatique dans le
petit matin. Les cellules nerveuses de Bena firent
un looping arrière et mirent 5 secondes à réinté-
grer les bonnes cases.

Il remit le contact, démarra, fit un demi-tour,
genre Daytona, et écrasa le champignon. Sa première pensée cohérente fut d'ordre intime. Il avait
envie de pisser.

Il se rapprocha suffisamment de la R 5 pour
vérifier la plaque d'immatriculation, puis décrocha d'une centaine de mètres. Et son téléphone.

— Le rital. Ça y est. Ils sont là. Nationale 14.
Ils traversent Boos. Ils se dirigent vers Rouen.

Benacquista reçut l'ordre de les coller et ne
pas les lâcher. La relève était en place et tout le
monde rappliquait dare-dare. En aucun cas inter-
venir.

— Porco Dio di porca madonna, cazzo, cazzo
e cazzo ! Il faut que ça tombe sur moi ! gémit
Bena.

— Y'a une bagnole qui nous suit. Un flic… dit sourdement Poton, épiant son rétroviseur.

— Qu'est-ce que tu en sais?

— Je le sens. Il ne roule pas, à cette heure-là, comme un mec qui va au boulot. Il est, en même temps, rapide et lent. Il semble chercher une attitude pour conduire…

— Prends à gauche à la prochaine, trancha Anna, en se retournant. On verra bien.

Poton accéléra doucement. Anna sortit son P .38, vérifia le chargeur, le seul acte poétique que je sais désormais faire, pensa-t-elle. Puis elle remit le Beretta dans la poche de veste de Poton. Un village, un panneau, une route à gauche.

— Là?

— Oui. Toutes les routes mènent à Rouen, n'importe comment.

Sans mettre son clignotant, Poton vira à gauche, coupant la route à un camion qui fit rageusement cligner ses phares.

IRRÉEL/QUATRE-VINGT-DEUX
TONINO BENACQUISTA

— Allô? Ils prennent la D 95, vers Belbeuf. Je les suis. Je dois être repéré. À vous..

— Collez. Les ponts vers Rouen sont sur-
veillés. Ils ne peuvent maintenant passer que par
Oissel ou Saint-Aubin. Vous les lâcherez. À Oissel, c'est De Vega, avec Mosko. Over.

La Police, pensa Bena, c'est comme les bou-
chers, ça sait travailler dans le filet. Ammazza,
ils accélèrent, les antibeefs, heureusement qu'on
m'a filé la grosse vache, je ne sais pas pourquoi
ils l'appellent comme ça, cette bagnole, elle
répond bien, et là, ils vont prendre à gauche ou
à droite ? À droite, ça y est, c'est sûr, ils vont
sur Rouen, je ne comprends pas, c'est toujours
comme ça, la gueule du loup, comme s'ils étaient
obligés de tomber à chaque fois dans le panneau,
ils ne se planquent jamais, non, ils repiquent
au jus, stronzi, ils accélèrent encore, tiens un
bled, ah oui, c'est Belbeuf, cazzo, ils prennent à
gauche, j'ai failli aller tout droit, mais je
connais ! J'avais une petite par là, à Gouy, ils
vont à Gouy ! Ammazza, pour une surprise, c'est
une surprise, les vaches, ils vont traverser le bled
au moins à 90, si ça continue, ils vont écraser une
grand-mère, tu parles d'une fin pour un gang de
poètes, j'ai rien compris à leurs salades, un truc
de parigots. Parigi, le donne ! Posso baciare l'os-
trica ?

— Allô ? Ici Bena, ils filent vers Gouy. S'ils
veulent passer par Rouen, ils ne peuvent prendre
que le pont d'Oissel… À vous.

— Bien compris. De Vega a la R 12 verte.

S'ils s'engagent vers Oissel, tu les doubles et tu laisses De Vega s'en occuper. À vous.

— OK. Over.

Bordel. Partir si tôt et crever. À Petit Couronne. On allait vers l'autoroute. Eh ben, on y est pas encore. Plombé comme je suis, je ne vais pas réussir à déboulonner les roues. Polo est malade. Il dort. J'attends Rocky. Lui, il m'aidera. Bernard, rien que de toucher un outil, il a déjà mal au crâne. J'ai cavalé comme un fou pour sortir de Rouen. J'ai mis au moins deux kilomètres dans la vue de Rocky et de son camtar. Il va arriver. Il va gueuler comme un âne, il va changer la roue, il va me demander si je suis d'attaque, je vais dire oui, il va rigoler grassement et il va dire qu'après tout il s'en fout, que ce n'est pas lui qui joue ce soir et que ce n'est pas lui qui finira dans le ravin.

La portière du mini-car est ouverte.

Il y a une bande de Tuxedo Moon qui passe. Le genre yaourt dans la tête.

Ça y est, les v'là. Je vois déjà les yeux de Rocky grands comme des soucoupes. Ça va gueuler. Il va piquer sa crise. Sa banane va flamber. Ça, c'est du rock !

Poton voyait la voiture du flic accélérer et ralentir au même diapason que la R 5. Il sentait Anna nerveuse, flouée, cernée. Lui, il se voyait tiré comme un lapin par la flicaille en tétanie. Le seul lien qui le rattachait au monde était cette voiture, derrière, avec ce pisteur qui ne voyait, au bout de cela, au bout de cette tranche d'histoire, qu'un avancement en or massif. Beurk.

— On va se le faire, ce connard, gémit Poton, mettant sa main droite sur le frein à main. Il lâcha brutalement la pédale d'accélérateur et serra le frein. La voiture fit un tête-à-queue parfait. Il mit immédiatement au point mort et sauta du véhicule. Les jambes pliées, le Beretta au poing, Poton tira trois fois sur la 504 qui, bêtement, avait ralenti. La grosse voiture fit une embardée dans le fossé et s'arrêta contre un arbre dans une haie de ronces. Poton vit le type immobile, à travers le pare-brise éclaté, la tête posée sur l'appui-nuque, regardant de l'autre côté, vers les ronciers.

— T'es devenu un pro, dit Anna, ça me déplaît. C'est trop dur.

— Ça fait un bourguignon de moins, tu devrais être contente !

Xaintrailles avait envie de pleurer. Il avala difficilement. Puis il haussa les épaules et se remit au volant. Il démarra rageusement, fit demi-tour, rasa la 504 et s'enfonça dans le blême.

IRRÉEL/QUATRE-VINGT-CINQ
TONINO BENACQUISTA

Il les devina. Ils repartaient. Il ne pouvait absolument plus bouger. Il s'était mangé une balle. Littéralement. La mâchoire était fracassée, anesthésiée par le choc et Bena sentait la balle, brûlante, juste en dessous de l'oreille, comme un ganglion de feu.

La radio crépitait. Il ne pouvait pas parler. Il allait valser dans le coma. Si c'est ça la mort, ce n'est pas un grand cazzo, pensa-t-il, dans un souffle intérieur glacé. Il ne pensait qu'à l'hôpital. Il fit un effort débile, tant pis, il appuya sur la touche HS de la radio et s'évanouit.

TRANSPARENCE/QUATRE-VINGT-SIX
PIGS

Rocky, il nous a traités de charlots et s'est lancé dans un discours moraleux pas possible. Moi, j'ai rien dit pour ne pas trop le brusquer et pour le laisser s'affairer sur les boulons. Cet empaffé de Polo, à peine réveillé, lui a sorti : «Tais-toi et creuse!» et a failli se manger le cric.

Mais, enfin, ça y est, c'est réparé. Rocky nous a conseillé de ne plus bouger et de le suivre. Je me suis remis au volant, mais Polo m'a viré et a commencé à coller au camion, devant. Il veut les doubler avant l'autoroute, rien que pour énerver le road, morigéner le prolo, comme il dit.

IRRÉEL/QUATRE-VINGT-SEPT/DE VEGA

De Vega et Mosko virent la R 5 grise s'engager sur le Pont d'Oissel. Pas de trace de Tonino. Ce con ne répond plus à la radio. Ou bien il est en panne ou bien il s'est viandé. N'importe comment, ordre est donné de ne pas l'attendre. Mosko s'empara du combiné micro :

— Mosko. Ils passent par Oissel. On les prend. Benacquista est lâché. On ne l'a pas vu. À vous.

— OK. S'ils vont vers Saint-Étienne, vous les couvrez, s'ils vont vers Couronne, Chasson les prendra vers Les Essarts. S'ils se tapent l'autoroute, vous le signalez. Le gros de la troupe est vers Quevilly. On se les cognera d'ici-là. À vous.

— Compris. Envoyez quand même quelqu'un sur la route de Gouy pour savoir ce que fout Bena. À vous.

— On te le rendra, ton rital, on te le rendra… Over.

— Attendez ! Ils prennent vers le camp militaire. Ils vont vers Couronne. On les prend. Over.

Si Tonino n'est pas là, pensa De Vega, c'est que ça cloche. Comme teigne, celui-là. Il ne décroche jamais. La tique. Il a dû faire le con avec la Peugeot, il se prend pour De Angelis, alors qu'il conduit comme un pied. Il veut te faire des doubles débrayages et il bloque le moteur à tous les coups.

— Prends ton flingue, dit-il à Mosko. Ça sent le tir forain, ce truc.

RÉEL/QUATRE-VINGT-HUIT/JEANNE D'ARC

— Y en a un autre, derrière, dit Anna.

— T'es sûre ?

— Oui, une R 12, avec deux mecs à bord. Il y en a un qui a des lunettes…

— On va bien voir…

Poton ralentit outrageusement. La R 12 imprima à sa course le même mouvement, quitte presque à freiner. Puis il accéléra, à fond. La R 12 s'emballa, derrière. Les deux mecs avaient l'air de s'agiter. Anna les regardait toujours. Elle prenait un air amusé :

— Y en a un qui a un micro…

— Faut les semer, sinon on va en avoir un paquet autour. Les mouches…

Poton s'énerva, il conduisit plus par saccades et, d'une horrible voix de fausset, se mit à chanter à tue-tête :

— Anna, Anna, pourquoi nous ne sommes pas partis ? Anna, tu t'enfermes dans ta tête, Anna, et le monde à présent se referme autour de toi, Anna...

— Autour de nous, Poton, autour de nous...

— Non, Anna, autour de toi, répliqua, sérieusement, le jeune homme, sombre. Moi, je sais ce qui m'arrive, ce qui va m'arriver. Toi, tout se passe dans cette espèce d'idée fixe, cette espèce de poème que tu te fabriques, dont tu joues tous les rôles. Sauf le mien, Anna.

Puis il se remit à chanter, mimant une folie passagère, agitant sa tête d'une manière désordonnée, faisant sinuer la voiture sur la route :

— Sauf le mien, Anna, sauf le...

Il s'arrêta, bouche bée, sentant le canon du P .38 sur son bas-ventre. Il regarda la jeune fille qui, elle, regardait la route bordée d'arbres, de champs et de bois faméliques.

— Ralentis et arrête la bagnole !

— Mais...

— Fais ce que je te dis, Jules, ou je tire.

C'était la première fois depuis longtemps qu'elle l'appelait par son vrai prénom. Il sut, intuitivement, que la cassure était désormais faite. Il lâcha la pédale d'accélérateur et vit, dans le rétro, la R 12 ralentir, aussi, cinquante mètres derrière.

— Arrête-toi ! hurla-t-elle, pressant violemment le canon de son arme sur le sexe de Poton.

Il freina et la R 5 patina sur le bas-côté. La route plongeait, devant, vers la vallée de la Seine. Sur la droite, un grand bois déplumé, le long du camp militaire. Au Nord, Rouen, déjà enfumée. En bas, l'énorme raffinerie de la Shell.

— Descends !

— Anna...

— Jules, je ne vais pas te le demander à genoux, répondit-elle d'une voix rauque. Descends !

Poton ouvrit la portière et sortit de la voiture.

Cinquante mètres derrière, les flics, eux aussi.

IRRÉEL/QUATRE-VINGT-NEUF/DE VEGA

— Y en a un, un type qui descend ! Qu'est-ce qu'on fait ? À vous ! hurla Mosko dans le micro.

— Ben intervenez Nom de Dieu ! C'est l'occase, intervenez ! À vous !

— La voiture repart, avec la fille ! À vous.

— De Vega la suit ! Mosko, tu files le type. Essaie de le poisser mais joue pas ton Zorro, c'est pas du petit lait. À vous !

— Over.

Mosko prit son Manurhin et ouvrit la portière. Tout s'était comme arrêté. Il vit le regard étonné du jeune homme, devant, et avant même qu'il soit sorti complètement du véhicule, il put le voir sauter dans le fossé et se mettre à courir dans le maigre bois. La R 5 avait sauvagement démarré. De Vega l'imita, faisant claquer la portière avant. Mosko eut l'impression de se retrouver tout nu.

RÉEL/QUATRE-VINGT-DIX
POTON DE XAINTRAILLES

À demi baissé, Poton courait dans le bois. La tête en feu. Les idées disparates. Le cœur au bord des lèvres. Le danger derrière.

Il se retourna deux fois, étudia, de loin, la progression du flic, plus bas, dans le bois. Il eut l'impression que le type se laissait distancer. Il paraissait pataud, prudent. Apeuré aussi, sans doute.

Anna allait se jeter dans la gueule des hommes. Vers un viol général. Elle fonçait à la rencontre d'une énorme table de bois qui allait l'aplatir et la rentrer sous terre.

IRRÉEL/QUATRE-VINGT-ONZE/MOSKO

Qu'est-ce que je fais? Ils ont déjà des flics à leur tableau de chasse. Je ne dois pas le perdre, c'est tout. Je le vois. Il me voit. Il ne me tire pas dessus. Je n'ai qu'un barillet, les autres balles sont restées dans la bagnole. Je ne suis pas un champion de tir, moi. Si ça canarde, je vais arroser les environs n'importe comment. Je ne suis pas un cow-boy, je préfère gratter, interroger, fouiner. Je vais ralentir un peu. Il ne peut pas, ce con, aller très loin. Il est coincé entre les barbelés du camp militaire et, plus bas, les grillages de l'autoroute. En face, la ville. Là, il peut me semer, mais j'ai un avantage, je connais. Et puis, il y a les collègues, pas loin. Et puis, on crie « au voleur » et il est repéré et suivi à la trace par toutes les bonnes volontés. Les limiers de banlieue. Ça me rappelle le mec poursuivi par l'anti-gang qui fouillait toute une rue alors qu'il était sous une bagnole. Il est resté deux heures allongé dans la merde de chien et l'huile de moteur. Une concierge l'a vu. 15 ans de taule à cause d'une bagnole. J'ai une de ces envies de pisser !

IRRÉEL/QUATRE-VINGT-DOUZE/DE VEGA

Crispé au volant, De Vega avait calé le micro sur le siège avant. Il hurlait pour se faire entendre :

— La fille prend la nationale 138 à contre-sens ! Vers Rouen. Qu'est-ce que je fous ? À vous.

— Prends dans le bon sens. Déconne pas. Suis-la à vue. On l'attend à Petit Couronne. Elle ne peut plus s'échapper ! Ça y est. On la voit ! Over.

Nom de Dieu de nom de Dieu, elle est tapée cette gonzesse, un truand ne ferait pas mieux, de crever, elle s'en fout, et de crever les autres, pareil, ah bordel! Attentioɪ ɔetite fille!

TRANSPARENCE/QUATRE-VINGT-TREIZE
PIGS

Polo, il hurle, il traite le camtar de Rocky de gros cul et il colle à mort. La sono du magnéto à fond. Gun Club. Nos maîtres. Toutes les vitres baissées. Le vent en plein. Moi, je m'accroche, derrière. Polo, quand il conduit, il devient fou, il mugit. Ça y est, ce con, il va doubler! Rocky accélère, ça va être coton. On double! Je vois la banane de Rocky. Il gueule. Polo lui fait le doigt. Putain, la R 5!

RÉEL/QUATRE-VINGT-QUATORZE
POTON DE XAINTRAILLES

J'en ai assez, je l'attends, cette mouche, cette sangsue, il ne va pas me poursuivre jusqu'au bout du monde. C'est lui ou moi. Pourvu que je ne le tue pas, j'en ai assez, je veux partir. Laisse-moi, tranquille, abruti, je ne t'en veux pas…

Je ne le vois plus. Aïe. C'est la première fois que ça se passe comme ça, tout seul, sans les collègues. Personne pour couvrir. L'instruction, elle a bon dos, dans ces cas-là. Ce bois est pourri, on dirait que toute l'herbe est malade, comme moi. Il n'y a que des lianes de merde qui poussent. Qu'est-ce que je fais ? Et s'il se rend ? Je n'ai pas de menottes. Je vais le mettre où ? Le revolver dans le dos jusqu'à Rouen ? Des conneries. Ce mec est dangereux, les télex le disent. Il n'a rien à perdre. Ça va tirer de tous les côtés. Je n'aime pas ça. Théoriquement, la seule vue de la police devrait arrêter tout. Non, maintenant, il faut à tout prix se mesurer. Si c'est vraiment un tueur, il va vouloir tuer. Sa peau contre celle des autres. La sienne contre la mienne. J'arrête, je pisse, j'en peux plus, c'est la trouille.

RÉEL/QUATRE-VINGT-SEIZE
POTON DE XAINTRAILLES

Je le vois, cette andouille, il ne fait pas beaucoup d'efforts pour se rendre crédible dans le rôle du hargneux. Qu'est-ce que je fous ?

Je ne sais plus. Je ne vois plus rien. Un voile devant les yeux.

Poton, recroquevillé derrière un talus, vaguement dissimulé par des fougères cachectiques, caressa son Beretta. Sans cet amalgame de métal et de poudre, il ne serait pas grand-chose. Mais avec ça, il était tout : donneur de mort, faiseur de peur, gâcheur de vie, créateur d'angoisse.

Son appartenance récente à la famille des animaux traqués lui avait au moins appris une chose : la patience. Il n'avait pas besoin de regarder, d'épier, il ne se souciait pas trop de savoir où était son poursuivant. Il n'avait qu'à attendre et, peut-être, tirer, dès qu'il l'apercevrait.

Le bruit de l'autoroute, le ronflement des nationales toutes proches, et oui, les gens travaillent, la rumeur émanant de la vallée verdâtre qu'il apercevait, à travers les arbres, cette Seine pisseuse entourée d'usines, de ZUP, de ZAC, la grande raffinerie, luminescente et menaçante, avec ses torchères et ses entrelacs de tuyaux comme des

213

veines de fer, tout cela il était plus en état de le pressentir que de l'observer.

Et c'est là, dans cette nappe brumeuse et puante enveloppant la région, que tout se terminerait. Oublié, le Moyen Âge. Bonjour le petit matin blême.

Poton regarda l'heure : 8 h 20.

Un craquement à sa gauche. Il arma doucement le chien de son pistolet et se colla l'arme contre la joue, coude plié, prêt à faire feu. C'était comme si son cœur s'arrêtait ou alors il battait si vite qu'on ne pouvait plus discerner les coups. Un peu de soleil arrosa les arbres, et tenta de colorer en glauque la vallée, plus loin. Poton sentit le flic, pas loin. Tout près. Là où il se trouvait, l'autre ne le verrait qu'au dernier moment.

Un petit gros, la quarantaine. Pas rassuré. Mais pas suant. De trois quarts dos. C'est trop facile, se dit Poton. J'appuie sur une petite tige de métal et il est mort.

Ce n'est pas le manque de possibilité, mais le manque d'envie.

— Ne bougez plus ! dit-il d'une voix sourde.

Le cogne s'arrêta brusquement et ses épaules s'affaissèrent. De tout son corps émana comme un soulagement.

— Lâchez votre arme et faites deux pas en avant ! dit Poton.

Le Manurhin tomba sur le sol dégueulasse et le type, marchant, parut vouloir s'en aller. Mais il stoppa, regardant la vallée devant lui, presque émerveillé, comme un touriste. Poton ramassa le .357 et le mit dans sa poche.

— Assis !

Le type haussa les épaules et posa son cul sur la terre, s'aidant d'une main. Poton s'approcha et lui posa le canon du Beretta sur la nuque.

Et maintenant, qu'est-ce qu'il allait en faire de ce corps vivant ?

Sa main droite serrait de plus en plus la crosse de métal. Mais il ne savait plus que faire, là, seul, seul, seul.

Poton regarda la vallée, les arbres, le ciel.

Il était sans un muscle, sans un nerf. Mou. Morbide.

Un éclair blanc traversa le ciel.

Une lueur, en biais, très blanche, venant du haut et tombant sans bruit.

Et puis plus rien.

Et puis une gigantesque flamme. Et une autre. Et une explosion énorme, et une autre, et une autre.

Le flic s'était levé. À travers les arbres, ils virent, médusés, fourmis silencieuses devant un rôt de brontosaure, la raffinerie exploser, bloc après bloc.

Anna, pensa subitement Poton. Anna. Anna. Anna.

Le souffle chaud les caressa alors.

J'écris tout cela au café, ce petit trocson où je me suis réfugié, m'échappant de ma chambre trop chaude, m'éloignant de ce putain de téléphone tiède. Quand je suis entré ici, j'ai failli dégueuler, l'odeur métallique de café froid et de Gitanes mal éteintes. Mais j'avais absolument besoin de me désempâter la bouche. Un express, deux calvas. Mélangés. Et j'ai pris mon cahier. Faut que je note. Bêtement. Sans fioritures. Ça en a pas besoin. C'est suffisamment dément comme ça. Raynal vient de me téléphoner longuement. Il part pour Rouen. Je l'ai chargé de me représenter. Je préfère rester là et ruminer.

Il est 10 h 30. Ça y est, c'est fini. Pas tout à fait, mais presque.

À Rouen, c'est le bordel international, depuis exactement 8 h 32. Ce matin.

La fille, j'ai bien peur qu'on ne sache jamais si c'était la petite sœur boiteuse, s'est séparée d'un des tueurs, sur la route avant Rouen. Lui, on ne l'a pas encore retrouvé, un flic est toujours avec lui. Otage, sans doute. Mais il y a autant de flics que de pompiers, dans la région, ce n'est pas peu dire. La fille, conduisant comme une folle, a pris une quatre voies en sens interdit et s'est emplafonné la camionnette d'un groupe de rock. Les

Pigs. Les cochons! Ça aurait fait gamberger Dubois, ça. Le conducteur a traversé le pare-brise. La fille a réussi à s'extirper de sa bagnole à moitié enfoncée. Un flic, voulant la ramasser, s'est pris une balle dans le ventre. Les autres policiers, en retard, arrivèrent pour voir leur collègue montrant névrotiquement une petite silhouette qui courait maladroitement en direction de la raffinerie. Ils coururent eux aussi. Elle a escaladé une grille d'enceinte et s'est cachée sous un réservoir de la Shell. Là, elle a commencé à faire un carton. Les flics ne purent répliquer à cause du gaz, partout autour. Ils l'ont entendue rire aux éclats, au loin. Enfin, c'est ce que raconte le flic de garde à la radio.

Car, c'est là.

Je sais que je ne rencontrerai jamais le Pape ou Carlos. Je ne gagnerai jamais au Loto. Une chance sur dix millions.

Elle, Jeanne, l'a eue, cette chance. Enfin, moi, maintenant tout déréglé dans ma tête, pâteux comme une merde de chien là, dans ce bistrot à la con, après une nuit sans sommeil, j'appelle ça une chance.

Ce putain de satellite lui est arrivé dessus.

La raffinerie a explosé.

Jeanne a été brûlée vive. Petit corps disparu dans une catastrophe nationale, petite mort imprévisible parmi soixante cadavres déjà recensés et pleurés par une France médiatisée à outrance.

Moi, j'arrête, je suis fatigué.

POÉSIE/CENT/JULES PUECH

Jules Puech, qui avait vécu peu de temps sous le nom de Jean Poton, sire de Xaintrailles, appuya le revolver sur le dos de l'O.P. Mosko et lui demanda de bien écouter ce qu'il allait lui dire. Il lui récita le seul poème de Rimbaud qu'il connaissait. Un poème sans titre.

« L'étoile a pleuré rose au cœur de tes oreilles,
L'infini roulé blanc de ta nuque à tes reins
La mer a perlé rousse à tes mammes vermeilles
Et l'Homme saigné noir à ton flanc souverain. »

DU MÊME AUTEUR

Aux Éditions Gallimard

Dans la collection Série Noire

NOUS AVONS BRÛLÉ UNE SAINTE, nᵒ 1968 («Folio Policier», nᵒ 234).

SUZANNE ET LES RINGARDS, nᵒ 2013 («Folio Policier». nᵒ 184).

LA PÊCHE AUX ANGES, nᵒ 2042.

L'HOMME À L'OREILLE CROQUÉE, nᵒ 2098 («Folio Policier», nᵒ 25).

LA CLEF DES MENSONGES, nᵒ 2161.

LE CINÉMA DE PAPA, nᵒ 2199.

LA BELLE DE FONTENAY, nᵒ 2290 («Folio Policier», nᵒ 76).

RN 86, nᵒ 2377 («Folio Policier», nᵒ 5).

LARCHMÜTZ 5632, nᵒ 2532 («Folio Policier», nᵒ 193).

LES ROUBIGNOLES DU DESTIN («Série Noire», nᵒ 2616).

Chez d'autres éditeurs

CINQ NAZES (L'Atalante).

LE BIENHEUREUX (L'Atalante).

54 × 13, LE TOUR DE FRANCE (L'Atalante).

LA CHASSE AU TATOU DANS LA PAMPA ARGEN-TINE (Baleine, «Canaille/Revolver»).

SPINOZA ENCULE HEGEL (Baleine, «Canaille/Revolver») (repris en «Folio Policier», nᵒ 127).

À SEC ! (Baleine, «Canaille/Revolver» (repris en «Folio Policier», nᵒ 149).

LA PETITE ÉCUYÈRE A CAFTÉ (Baleine, «Le Poulpe»).

CENDRES CHAUDES (Le Ricochet).

CHASSE À L'HOMME avec Patrick Raynal (Mille et une Nuits).

DÉMONS ET VERMEILS (Baleine, «Série grise»).

1280 ÂMES (Baleine).

94 (Éditions Grenadine 2000).

COMME JEU, DES SENTIERS (Liber Niger).

Composition Interligne.
Impression Société Nouvelle Firmin-Didot
à Mesnil-sur-l'Estrée, le 5 mai 2003.
Dépôt légal : mai 2003.
1er dépôt légal dans la collection : novembre 2001.
Numéro d'imprimeur : 63828

ISBN 2-07-041963-0/Imprimé en France.